Jürg Amann: Mutter töten

Jürg Amann

MUTTER TÖTEN

Haymon

Bibliografische Information:
Die Deutsche Bibliothek verzeichnet diese Publikation in der Deutschen Nationalbibliografie; detaillierte bibliografische Daten sind im Internet über http://dnb.ddb.de abrufbar.

Umschlag: Benno Peter

Satz: Haymon-Verlag
Druck und Bindung: Theiss Ges.m.b.H., 9431 St. Stefan
ISBN 3-85218-350-2

In memoriam R. A.-N.
(1922 - 2002)

I

DIE REISE

»Du sollst Vater und Mutter ehren.«

Viertes Gebot

Als im Herbst 1956 der jährlich zu dieser Jahreszeit von uns mit der Post erwartete Jutesack mit den Kastanien nicht kam, war es noch eine Vermutung, als zwei Monate später auch das gewohnte Weihnachtspaket mit den Torrone-Stengeln, den Amaretti und dem Panettone ausblieb, galt es in der Familie als ausgemacht, dass der Tessiner Grossvater gestorben war. Als der Vater, wieder ein paar Monate später, nachdem er endlich eine Telefonnummer hatte ausfindig machen können, für seine Frau, meine Mutter, die das unehelich geborene Kind des uns seit jeher immer wieder in Richtung Süden Entschwundenen und nun offenbar endgültig auch von der Erdoberfläche Verschwundenen war, unter einem Vorwand, in vorher auswendig gelernten italienischen Worten, dort nach ihm fragte, kam die Bestätigung: Il signor Galli è morto.

Wir hatten über seinen Wohnort ja nie etwas Genaueres wissen dürfen. Jeder Verkehr mit ihm, das Bestellen von Grüssen, eine Einladung zu einem Besuch, das Sich-Bedanken für die Geschenke, musste sich über seinen Arbeitgeber, eine Firma Züblin, Hoch- und Tiefbau, in Zürich abwickeln. Er war Eisenbahningenieur und Bauführer an der Gotthardstrecke gewesen. Meine Mutter hatte das ungeschriebene Gesetz, seine Spur nicht aufzunehmen, respektiert, solange er lebte, jetzt, da er tot war, fühlte sie sich daran nicht mehr gebunden. Schliesslich hatte er ihr immer versprochen, für sie zu sorgen, sie zu bedenken, ihr nach seinem Tod alles, was er besass, Land, Haus und Geld, zu vermachen, wenn sie ihm nur zu seinen Lebzeiten dabei behilflich sein würde, im Dorf seiner Herkunft, in dem er, wenn ihn nicht sein Beruf anderswohin versetzte, zusammen mit seiner Schwester, die dort Lehrerin war, noch immer gewohnt hatte, seinen Ehrennamen zu wahren. Sie durfte ihn darum nicht tragen. Hinter dem Namen ihres Mannes, unseres Vaters, führte sie, nach ihrer Mutter, den Mädchennamen Noseda. Ihr Vater war ein Feigling gewesen, aber er war doch ihr Vater, und darum hatte sie ihm geholfen, auch gegen sich selbst.

Ihre Mutter, die er vielleicht auch geliebt, auf jeden Fall aber geschwängert hatte, weit weg von zu Hause, von seinem Dorf, auf einer seiner Süd-Nord-Passagen, hatte er mit der Versprechung hingehalten, sie später, wann immer das sein sollte, zu heiraten und also alles in Ordnung zu bringen, was jetzt in Unordnung war, wenn nur erst der Streckenbau an sein Ende und damit sein Leben in ruhige Bahnen käme. Dass es sich bei diesem Streckenbau in Wirklichkeit um Revisionsarbeiten, sei es an der Trasse, sei es an Brücken, handelte, die natürlich nie an ein Ende kamen, sondern, wenn sie auf der einen Seite des Gotthards für den Moment erledigt waren, gleich auf der anderen Seite wieder beginnen konnten, hatte er nicht erwähnt, wahrscheinlich einfach zu erwähnen vergessen.

Inzwischen war unsere Mutter geboren worden und gleich zu einer Ziehmutter in einer kleinen Ortschaft am Rhein gekommen und die ersten vier Lebensjahre auch dort geblieben, weil ihre Mutter sonst ihretwegen und wegen der ledigen Mutterschaft von *ihrer* Mutter, die ihrerseits geschieden und zum zweiten Mal verheiratet war, aus dem Familienverband ausgestossen worden wäre. Als den Nol aus den Erzählungen der Mutter kannte ich diesen Ort ihrer ersten Kindheit. Im Nol sei sie aufgewachsen, sagte sie immer. Nol erinnerte mich immer an Nordpol. Es hätte ein Wort aus einer Kindergeheimsprache sein können. In Wirklichkeit war es ein Dorf, eher ein Weiler, direkt am Rhein, an einer Böschung, unmittelbar unterhalb des berühmten Rheinfalls, wo das Wasser schon wieder ruhiger wurde. Trotzdem hatte meine Mutter nie schwimmen gelernt und ihre Furcht vor dem Wasser immer behalten. Wenn ich, auf einem Ausflug, zwischen den Eltern, auf einem Felsen mitten in der tosenden Flut stand und durch den Wasserstaub zu blicken versuchte, lag dieser Nol am unteren Ende des Regenbogens.

Als sie vier Jahre alt war, durfte die Mutter wieder mit ihrer Mutter nach Hause. Besser, sie musste. Denn inzwischen war natürlich die Ziehfamilie zu ihrer Familie geworden, bei der sie es gut hatte, bei der sie zu Hause war. Es gab da ja noch mehr solche Kinder wie sie. Zwei Schwestern hatte sie gehabt, Ziehschwestern, die unter ähnlichen Umständen wie sie fern von ihren Familien dort auf die Welt gekommen waren. Zu Hause, vielmehr bei ihrer Mutter, war sie allein. Ihre Grossmutter, die ihre Tochter nach vier Jahren Ächtung zum ersten Mal an einem Sonntag auf einer ihrer Reisen zu ihrem Kind an den Rhein begleitet hatte, hatte das Mädchen liebenswürdig gefunden und ihr erlaubt, es zu sich und also auch in ihr Haus, unter ihr Dach zu nehmen.

Da wohnte sie nun, in der Stadt, oder am Stadtrand, fremd, verängstigt, verschüchtert, bei ihrer Sippe, die sie nicht kannte, die eine andere Sprache sprach als die, die sie am Rheinfall gelernt hatte, die die andern die Tschinggen nannten, und musste zusehen, wie der Mann, von dem man ihr sagte, dass er ihr Pate sei, der aber gleichzeitig ihr Grossvater war, der jedenfalls mit ihrer Grossmutter zusammenlebte und die ganze Familie mit seinem kleinen Maurergeschäft durchbrachte, Abend für Abend betrunken war und zuerst ihre Mutter, später, als sie grösser geworden war, auch sie selber im Rausch bedrängte. Fensterscheiben zerschlug er, Wohnungs- und Zimmertüren drückte er ein, wenn es sein musste, um sich den verweigerten Zutritt mit Gewalt zu verschaffen. Und am Sonntag, zur Feier des Tages, wollte er seine Weinbergschnecken essen, die sie ihm während der Woche im Garten und in den Wiesen am Waldrand, die man die Flore hiess, hatte aufsammeln müssen.

Sobald sie konnte, wollte sie da weg. Den ersten, von dem sie glaubte, dass sie ihn liebte und dass er sie auch liebte, einen ganz anderen, Feinen, der Gedichte schrieb, obwohl damit kein Brot zu verdienen war, wie seine Eltern sagten, der kein Tschingg war und der auch nicht trank, nahm sie zum Mann. Zur Hochzeit hatte sie auch ihren Vater eingeladen. Er hatte abgesagt, dann war er im letzten Moment doch noch gekommen, so wie er war, von der Strasse, vollkommen festuntauglich, so dass man für ihn einen Anzug hatte ausborgen müssen. Nach der Feier, für die er zur Gänze aufgekommen war, war er sofort wieder verschwunden, kein Mensch wusste, wohin. Der Mutter hatte er noch das Geld zugesteckt, dann wurde er nicht mehr gesehen.

Bis er dann in dem jungen Haushalt, der inzwischen in einem eigenen Haus gegründet worden war, zu dem aber auch die Mutter der Mutter gehörte, die immer noch auf ihn wartete, jedenfalls nie einen andern geheiratet hatte und nun auch wieder arbeiten ging, in einem Büro, um etwas dazuzuverdienen, manchmal als Gast für eine Nacht überraschend aufgetaucht war. Was heisst aufgetaucht! Telefonisch meldete er sich vorher an, aus Zürich, das kaum eine halbe Autostunde entfernt war: er fahre sofort los. Und dann warteten wir, vergeblich, stundenlang, und er kam nicht, obwohl alles in aller Eile für ihn bereitgemacht worden war. Wenn er dann kam, in seinem schwarzen Mercedes, nach vier Stunden, und man fragte ihn, nach der Begrüssung, ob er noch aufgehalten worden sei oder ob er auf der Strecke eine Panne gehabt habe, antwortete er ganz erstaunt: nein, warum, er habe sich gleich auf den Weg gemacht, aber verschnaufen habe er unterwegs natürlich ein paarmal müssen und sich die Beine ein wenig vertreten.

Was waren das immer für seltsame Besuche gewesen, was für Gespräche, bei Tisch oder beim Kaffee in den Polstern der Stube, die fast ausschliesslich von ihm allein geführt wurden, während wir andern nur ja sagten oder verlegen in sein steifes, hüstelndes Lachen einstimmten. Die Kartoffel gehört in den Keller, nicht auf den Tisch, sagte er beispielsweise. Der Mutter schaute er in die Töpfe, damit sie die Vitamine nicht wegkochte. Er sagte: Das Essen darf man nicht loben, sonst ist es beim nächsten Mal schlechter. Oder: Immer zuerst das frische Obst von der Hurd holen, nicht das alte; sonst ist das frische, bis man es braucht, auch schon das alte. Die Salamiwurst führte er so anschaulich auf den Esel zurück, dass man sie nicht mehr essen mochte. Die Brotkrümel auf dem Tischtuch wischte er mit einer gezielten Handbewegung über die Tischkante auf den Fussboden. Er war ein vornehmer Herr. Er behielt auch beim Essen Jackett und Weste an. Er trank Wein. Nach dem Essen war er immer ganz krank, nur mit einer beinahe wundertätigen Pille, die er einer Silberdose entnahm und mit einem Glas Wasser hinunterspülte, konnte das Schlimmste verhütet werden. Zur Verdauung und Auferstehung durfte er rülpsen. Wenn er da war, trug man die Sonntagskleider, auch wenn es ein Werktag war. Er sagte: Das Kind soll Zahnarzt werden, da verdient es soviel wie als Arzt und hat einen geregelten Feierabend. Das sagte er jedesmal. Mit dem Kind meinte er mich, der Bruder war ihm für seine Berufsberatung noch zu klein. Wenn er ging, steckte er jedem eine grosse Banknote zu: Mach dir selbst eine Freude. Bevor er in seinem schwarzen Wagen langsam wieder davonfuhr.

Dann waren noch jährlich die Geschenke gekommen. Dann war die Mutter der Mutter plötzlich gestorben. Und dann also er.

Nun stand die Mutter dumm da. Sie hatte natürlich, sich auf sein wiederholtes diesbezügliches Versprechen verlassend, auf eine Einladung zur Testamentseröffnung gehofft. Die war aber nicht gekommen, auch nach mehreren Wochen nicht. Was sollte sie tun? Schriftlich hatte sie nichts oder fast nichts. Nur einen Brief, in seiner Handschrift, von ihm unterzeichnet, in dem er sie als sein Kind anerkannte. Nichts Offizielles. Das galt damals nichts. Sie trug ja nicht einmal den Namen des Unterzeichners. Und ihre Mutter, die den Inhalt noch hätte bezeugen können, war ja auch tot. Aber da er der einzige Beleg ihrer Herkunft war, lag dieser Brief bei uns jetzt die ganze Zeit auf dem Tisch.

Bevor die Mutter ihn eines Tages, gegen Ende des Winters, es mochte im März gewesen sein, jedenfalls war es noch dunkel am Morgen, wieder zusammenfaltete, in seinen Umschlag zurückschob und in ihre schwarze Lederhandtasche steckte. Sie hatte mich früh geweckt, sogar der Vater, der sonst immer, wenn ich erwachte, schon längst zur Ar-beit gegangen war, sass noch in der Küche, als ich, warm angezogen, in Wollstrumpfhosen und

Knickerbokkers, zum Frühstück herunterkam. Als er ging, gab er mir einen Kuss und sagte: Sei heute brav mit der Mutter, sie braucht dich. Den kleinen Bruder hatte er am Vorabend zu seinen Eltern gebracht, die in der Nähe wohnten, der war versorgt. Als ich neben der Mutter aus dem Haus trat, war es immer noch Nacht. Während wir in der Dunkelheit auf den Bus warteten, der zum Bahnhof ging, sagte ich: Ich muss doch zur Schule. Aber die Mutter antwortete: Lass nur, das ist schon geregelt.

Als wir im Zug sassen, sagte sie: So wie deine Mutter jetzt dich, so nahm vor vielen Jahren meine Mutter mich bei der Hand und reiste mit mir in den Süden, in den Tessin, zu meinem Vater, ich weiss gar nicht mehr recht, wo das war, aber wir werden es schon wieder finden. Ich weiss auch nicht mehr, wie alt ich gewesen bin, vielleicht so wie du oder etwas älter, aber ich sehe noch, was ich anhatte. Sie sah aus dem Fenster, während sich der Zug mit einem Ruck in Bewegung setzte und aus der Helligkeit des Hauptbahnhofs in die Dunkelheit des Rangierbahnhofs, der uns mit seinen vielen Weichen in unseren Ecken durchschüttelte, und dann auf die offene Strecke hinausfuhr. *Jetzt* trug sie eine helle Bluse und ein dunkles Jackettkleid. Den Mantel hatte sie aufgehängt. Der Ort heisst Caneggio, sagte sie. In Chiasso müssen wir umsteigen.

Meine frühere Klassenkameradin Rosmarie Bächinger kam mir in den Sinn, die mitten im Schuljahr nach Basel gezogen war, weit von mir weg, dabei war doch in Ungarn der Aufstand, wir hatten in der Klasse für die Flüchtlinge Wolldecken gestrickt, als meine Banknachbarin hatte sie es mir beigebracht, ich hatte sie davor gewarnt, so nahe an die Grenze zu ziehen, und nun sollte also ich selbst bis an den äussersten Rand unseres Landes fahren, wenn auch in die entgegengesetzte Richtung und in Begleitung der Mutter.

Zuerst mussten wir jetzt aber einmal in Zürich umsteigen. Ich war wieder eingeschlafen. Als es draussen langsam so hell wurde, dass man etwas erkennen konnte, glitt der Zug an einem unbewegt und grau daliegenden See entlang. Der Zugersee, sagte die Mutter. Ich wusste, dass sein Name nichts mit dem Zug zu tun hatte, sondern mit der Stadt, die an ihm lag. Mit dem Zug durch Zug, das fand ich sehr lustig. Ist das da, fragte ich, wo wir einmal gezeltet haben? Ja, sagte die Mutter. Ich meinte die Ferien, in denen wir mit einer befreundeten Familie zusammen in Zelten Badeferien gemacht hatten. Ich sah uns im Ruderboot sitzen, den Vater, die Mutter und mich, weit draussen im See, und gegen die Wellen anrudern, oder in der Uferzone, im Schilf, und die Vögel und Enten beobachten.

Oder in grossen schwarzen Autoschläuchen wie in Fauteuils, den Hintern in der Mitte ins Wasser getaucht, Arme und Beine, in den Ellbogen und Kniekehlen gewinkelt, über den Gummiring hängend, mit den Strömungen treiben. Den Bruder sah ich nicht. Das einzige Mal, sagte die Mutter, die mit dem Finger in die Richtung zeigte, wo es gewesen sein musste, dass ich keine Angst gehabt habe vor dem Wasser. Weil es mir gar nicht eingefallen ist, dass aus diesen Schläuchen die Luft hätte herausgehen können. So glücklich bin ich gewesen. Einmal, sagte ich, ist eine Kröte im Zelt gesessen, und einer hat sie mit dem Ruder erschlagen. Das wusste sie nicht mehr. Doch, sagte ich, mit dem Ruderblatt plattgeschlagen. Aber wer es gewesen war, wusste ich auch nicht mehr. Und dann hatte der ältere Sohn der anderen Familie, der zu Hause geblieben war, einen schweren Fahrradunfall gehabt und lag mit einem Schädelbruch auf der Intensivstation – ich hatte beide Wörter vorher noch nie gehört und machte mir schreckliche Vorstellungen von ihrer Bedeutung –, und die Gubsers, also die Eltern und der kleinere Sohn, der so alt war wie ich und mit dem ich manchmal Priester und Ministrant gespielt hatte, wobei ich immer der Ministrant gewesen war, mussten natürlich früher nach Hause zurück. Und kurze Zeit später war dann Herr Gubser gestorben, noch jung, nicht älter als unser Vater, an einem Herzschlag. Ich hatte es nicht glauben wollen, hatte für ihn gebetet, dafür, dass er nur scheintot wäre, drei Tage und Nächte lang, bis zum Begräbnis, dann gab ich es auf, es hätte ja nun nichts mehr genützt.

Jetzt war es draussen schon hell, aber es blieb grau. Es hatte zu regnen begonnen. Eine Kirche kam auf mich zu, weiss, klein, mit rostrotem Dach und rostroter Spitze, vielleicht eher eine Kapelle. Da wird viel geheiratet, sagte die Mutter. Ich fuhr vorwärts, sie rückwärts. Ich sah alles kommen, sie sah alles verschwinden.

Nach dem Zuger- kam der Vierwaldstättersee. Weit drüben, am anderen Ufer, sozusagen in der Kniekehle des Sees, lag, durch die angelaufene Fensterscheibe und den dichten Bindfadenregenvorhang hindurch kaum zu erkennen, die berühmte Rütliwiese. Ich hatte von ihr schon gehört. Da ist die Schweiz gegründet worden, sagte die Mutter. Wieso gegründet? fragte ich. Die Schweiz hat es doch immer gegeben.

Der Zug nahm jetzt Anlauf zum Gotthard. Der See war zu Ende, Altdorf flog draussen vorbei. Der Teufelsstein, den der Teufel im Zorn auf die Brücke geworfen hatte, die mit seiner Hilfe über die Schlucht gebaut worden war, weil man ihm eine Ziegen- statt der versprochenen Menschenseele dafür gegeben hatte. In Göschenen wurde die Lokomotive verstärkt, eine Krokodillokomotive mit zwei Gelenken wurde vor die einfache Lokomotive gehängt. Das kannte ich von meiner Märklin.

Bald kamen die Kehren von Wassen. Während die Mutter jetzt immer stiller wurde, wurde ich jetzt immer lebendiger. Von einer Zugseite zur andern rannte ich, um die Kirche nach jeder Tunnelschlaufe von neuem zu sehen, zuerst von unten, dann auf gleicher Höhe, zuletzt zweimal von immer weiter oben herab. Ich drückte das Gesicht an die Scheibe. Im Nachbarabteil hatte der Knabe, um in den Tunnelkehren, die man ja gar nicht als Kehren wahrnahm, die Neigung des Wagens, einmal nach rechts, einmal nach links, und die dadurch angezeigten fortwährenden Richtungsänderungen des Zuges auf seiner Kurvenfahrt zu beweisen, sein rotes Taschenmesser als Lot an eine Schnur gebunden, die er im schwachen Licht der Deckenlampen pendeln liess. Langsam kletterten wir höher. Je höher wir stiegen, um so tiefer hingen die schwarzen Wolken zu uns herab. Sie schienen den Berg zu berühren, gossen ihr Wasser kübelweise in seine Schrunden hinein.

Dann kam der Tunnel. Der Gotthardtunnel, sagte die Mutter. Ich hatte Angst, weil er gar nicht mehr aufhörte. Am Anfang liefen noch, vom Fahrtwind schräg nach hinten gepresst, die letzten Regenbahnen vom Dach des Wagens die Fenster hinunter, dann wurden die Scheiben ganz klar. Und plötzlich schien draussen die Sonne.

Wir waren geblendet. Ich konnte es gar nicht glauben. Der Himmel war blau. Die Sonnenstube, sagte die Mutter. Sie wickelte Brote und Eier aus einem Papier, das sie aus ihrer Tasche geholt hatte. Von einem Verpflegungswägelchen, das von einem jungen Mann in roter Uniform von hinten nach vorn durch den Zug geschoben wurde, kaufte sie uns etwas zu trinken. Grazie, sagte sie, schüchtern, als sie das Retourgeld herausbekam und dem Mann etwas davon wieder zurückgab.

Wir waren jetzt im italienischen Teil der Schweiz. Die fremden Namen auf den blauen Metallschildern der Bahnstationen, durch die wir rollten, waren für mich auf der langen Fahrt Spielzeuge. In Airolo wurde die Krokodillokomotive, die uns über den Gotthard geschleppt hatte, ausgekuppelt. In Ambri Piotta ging eine gewaltige Röhre den Berg hinauf. Eine Druckröhre, sagte die Mutter, zur Stromversorgung, in der das Wasser herunterschiesst; aber genauer konnte sie es mir auch nicht erklären. Besonders Giubiasco hatte es mir angetan, das ich in meiner Übersetzung Schubiak nannte. Dann kam die Festung von Bellinzona, die hoch von der Bergflanke herunter das Tal überblickte. Quer über die Ebene, von einer Talseite zur andern, liefen Panzersperren aus grobem Zement wie Hälften von riesigen Reissverschlüssen. Die sind noch aus dem Krieg, erklärte die Mutter. Ich lief, um alles zu sehen, von einer Wagenseite zur andern. Da hat er uns Lebensmittel und Lebensmittelmarken geschickt. Das immerhin, sagte sie, das wollen wir doch nicht vergessen.

Ich drückte am Fenster die Nase platt. Weit zurück sah ich die schneebedeckten Gipfel, davor die schwarzen Hügel, von ein paar schmutzigen Schneefeldern gefleckt, unten das helle Tal, an dessen Abhängen hinauf, bis in die steilen Bergwände hinein, auf beiden Seiten seltsam gesprenkelte Wälder kletterten. In dem wenigen Grün vereinzelter Nadelbäume klafften die grossen hellgrauen Lücken der noch kahlen Laubbäume. Wahrscheinlich Kastanien, sagte die Mutter, als ich sie fragte. Auf der Strasse neben uns her fuhren die schweren Lastwagen bergab. Wenn wir schneller waren als sie, sah es so aus, als ob sie rückwärts bergauf fahren würden.

Je tiefer wir kamen, um so mehr Bäume standen in Blüte. Kirschen, Magnolien. Der Fluss führte wenig Wasser. Statt dessen war sein Bett voll von Geröll und riesigen Felsbrocken. Und von Gerümpel. In den Gärten an den Ufern standen und lagen Gartengeräte, die den Winter wahrscheinlich im Freien verbracht hatten. Über einzelnen Bocciabahnen war Wäsche aufgehängt, oder die Stühle der Gartenwirtschaften waren auf ihnen gestapelt. Die wenigen Restaurants, die wir sahen, schienen geschlossen. Ställe und Wohnhäuser wechselten ständig ab. Überall blätterte von den Wänden der Putz, der nicht wie bei uns weiss, sondern bunt war. Aber die Farben waren verschossen. Altrosa war vorherrschend. Heisst Altrosa Altrosa, weil das Rosa so alt ist? fragte ich meine Mutter. Sie lachte. Und gleich darauf hielt der Zug in Chiasso.

Hier sollten wir also umsteigen. Aber das Postauto war noch nicht da. Bis es kam, gingen wir in eine Konditorei, schräg gegenüber dem Bahnhof, auf der anderen Seite des Platzes, vor der unter offenen Bögen an einigen Tischchen schon ein paar Männer sassen. Wir gingen hinein. Die Mutter bestellte Kaffee, ich bekam eine Schokolade, und dazu assen wir kleine Stückchen von Patisserie. Der junge dunkelhaarige Kellner, der in gebrochenem Deutsch mit uns scherzte und sie Signora nannte, gefiel meiner Mutter. Jedenfalls war sie sehr freundlich zu ihm, und als wir aufstanden, weil wir den Bus über den Platz heranfahren sahen, liess sie das Herausgeld für ihn auf dem Tisch zurück.

Der Bus war hier blau, und man musste beim Einsteigen dem Fahrer, der eine kleine Kasse umgehängt hatte, die Fahrkarte zeigen. Kaum sassen wir, fuhr er schon durch die engen Strassen der inneren Stadt, inmitten des lärmenden, hupenden Mittagsverkehrs, um sich, so schnell er konnte, den Weg hinaus ins Freie zu suchen. Ein paarmal hielt er noch, um ein paar Menschen ein- oder aussteigen zu lassen, zuletzt vor einer Schule, die gerade aus war und deren Schüler nach allen Seiten auseinanderliefen, einige, um bei uns zuzusteigen, bevor wir den Stadtrand, dem wir eine Zeitlang entlanggefahren waren, endgültig hinter uns liessen.

Der Fahrer schien alle Fahrgäste zu kennen. Es waren nicht viele. Mit manchen von ihnen führte er kleine Gespräche, die er, wenn sie an ihm vorbei nach hinten gegangen waren und längst in ihren Sitzen sassen, über den Rückspiegel fortführte, in den er häufiger sah als auf die Strasse. Von allen wusste er, wo sie wohnten. Immer wieder liess er einen von ihnen auf offener Strecke, fernab jeder Haltestelle, bei einem abrupten Zwischenstopp abspringen. Meine Mutter klammerte sich fest an den Sitz. Sie hatte Angst oder fühlte sich wenigstens unsicher. Schräg vor uns, den Schultornister am Rücken, sass jetzt ein Mädchen, das ein wenig einem Bild glich, das sie mir von sich als Kind einmal gezeigt hatte.

Ich sass am Fenster. Die Stadt lag schon weit unter uns. Der Bus fuhr jetzt in immer engeren Kurven in die Hügel hinein, an die Bergflanken heran, ins Valle di Muggio hinauf. An unübersichtlichen Wegstellen schickte der Fahrer, statt abzubremsen, immer wieder nur Hornsignale voraus. Dü, dä, do – so ungefähr klang es. Zum Glück gab es fast keinen Gegenverkehr. Ich versuchte die Ortsnamen zu lesen. Morbio Inferiore, Morbio Superiore, Castello San Pietro fielen mir auf. An den Strassenrändern, zu beiden Seiten, in den Biegungen und Kehren, manchmal auch einfach an einem geraden Stück, standen Bildstöcke und Kreuze. Auf den Kuppen der Hügel rundherum, die sich endlos einer hinter dem andern erhoben, lagen überall Kirchen, rostrote, schmutzrote Kirchen, neben denen dunkle Bäume in Gruppen schmal in den hellen Himmel aufragten.

Die Kirche von Caneggio ist grau, sagte die Mutter. Jedenfalls war sie das damals. Das weiss ich noch. Das ist das einzige, das ich noch deutlich vor Augen habe. Und wie meine Mutter, mit mir an der Hand, in der Mittagshitze zu ihr hinaufsteigt. Und wie wir schwitzen. Und wie es sehr hell ist. Und wie ich mich fürchte, weil ich den Vater, zu dem wir ja gehen, noch gar nicht kenne. Und wie wir dann vor dem Pfarrhaus stehen und an der Klingel ziehen, weil meine Mutter zuerst mit dem Pfarrer, der die Verhältnisse am Ort besser kennt, alles bereden will. Und wie der Pfarrer, ein älterer Herr, aus dem Schatten der Türe zu uns in die Härte des Lichts tritt. Und wie mich die Mutter dem Pfarrer vorstellt. Wie sie ihm sagt, dass ich ihr Kind sei und das Kind des Herrn Galli, der in seiner Gemeinde wohne und mit dem sie es jetzt, da es schon gross sei, endlich bekannt machen wolle. Und wie der Pfarrer ihr antwortet, gerade jetzt sei es dafür nicht der richtige Zeitpunkt, weil nicht nur die Mutter ihres Mannes oder besser des Vaters ihres Kindes, sondern darüber hinaus auch noch dessen älteste Schwester schwer krank seien und man ihnen einen solchen Schock deshalb nicht zumuten dürfe. Und wie meine Mutter mich bei der Hand nimmt und sich entschuldigt und mit mir die Treppe wieder hinab- und dann in den Bus steigt. Und sich, nachdem sie endlich, nach zehn Jahren, einmal den ganzen Mut zusammengenommen und sich über seine Verbote hinweggesetzt hat, aus dem Dorf also wieder verscheuchen lässt, ohne ihren Mann, meinen Vater, überhaupt gesehen zu haben.

Die Mutter hatte die Brille abgenommen, um mit dem Rockzipfel die Gläser zu reiben, die sich ein wenig beschlagen hatten. Komm, sagte ich, wir sind da. Obwohl es ein italienischer Name war, hatte ich bei der Einfahrt das Ortsschild entziffert. Das Postauto hielt an einem kleinen Platz, der eigentlich nur eine Verbreiterung der Strasse war, die durch das Dorf hindurchging. Es war pünktlich. Ich sah auf die silberne Armbanduhr, Marke Tissot, die ich von meinen Eltern zum Weissen Sonntag bekommen hatte, zum schönsten Tag meines Lebens, wie die Grosseltern väterlicherseits auf *ihr* Geschenk geschrieben hatten. Und kaum waren wir ausgestiegen, fuhr es schon weiter.

Wir sahen uns um. *Posta* stand an einem kleinen Gebäude, direkt bei der Haltestelle. An einem anderen *Cooperativa.* Und an einem dritten, vor dem ein kleiner Brunnen plätscherte, in grossem Schriftzug *Municipio.* Das war schon der ganze Platz. Muni..., las ich von der Wand ab. Ich versuchte zu lachen. So nannte man bei uns den Stier. Da müssen wir nachher fragen, sagte die Mutter. Sie kannte sich ja hier auch nicht aus. Sie war nie im Haus ihres Vaters gewesen. Aber jetzt war Mittagszeit und natürlich alles geschlossen.

Lass uns zuerst deinen Grossvater besuchen, sagte die Mutter, indem sie mich bei der Hand nahm. Sie meinte natürlich sein Grab. Wir mussten ein Stück zurück. Der Friedhof lag ausserhalb des Dorfes, an einer Kurve, kurz vor der Ortseinfahrt. Überall in den Gärten, hinter den Mauern, an denen wir vorbeigingen, bellten die Hunde. Überall gackerten Hühner. Menschen waren auf dem ganzen Weg keine zu sehen. Nur Autos überholten uns manchmal oder kamen uns von unten entgegen, so dass wir im Gänsemarsch gehen mussten. Links gehen, Gefahr sehen, hatten wir in der Schule gelernt. Aber wir gingen rechts.

Der Friedhof, der auf der Talseite der Strasse lag, war eingemauert wie eine Festung. Hohe Mauern, mit grauem, grobem Verputz, von Ziegelsteinen bedeckt, mit wenigen Durchbrüchen, durch die man hineinsehen konnte, bildeten das Geviert. Oben, in der Mitte der Längswand, genau gegenüber einer kleinen Kapelle auf der anderen Strassenseite, war ein schmiedeeisernes Tor eingelassen. Die Abdankungskapelle, sagte die Mutter, indem sie den Kopf ein wenig hinüberwandte. Sie war aus roten Backsteinen gefügt. In ihrem Türmchen, offen zu sehen, mit einem Rad verbunden, hing eine winzige Glocke. Als ich das Tor hinter uns schloss, gab es im Metall ein hartes schnappendes Geräusch.

Wir waren allein. Langsam ging ich hinter der Mutter die Reihen der neueren Gräber ab, auf denen neben künstlichen Blumen Bilderrahmen mit den Fotos der Toten angebracht waren. Alle schienen hier jung zu sterben. Aber das war gar nicht wahr. Die Bilder stimmten mit den Lebensdaten nicht überein. Immer wieder lasen wir auf den Kreuzen und Grabsteinen die gleichen Namen. Ortelli, Pestoni und Galli. Mit wenigen Ausnahmen. Der Ort schien nur aus diesen drei Familien zu bestehen. Und die waren untereinander auch noch verheiratet. Jetzt verstehe ich ihn besser, sagte die Mutter. Das ganze Dorf hätte er gegen mich und sich gehabt. Plötzlich begriff ich: das waren ja alles Verwandte. Die grosse Verwandtschaft, die die Mutter immer so gerne gehabt hätte. Als Gegengewicht zu der des Vaters. Süden gegen Norden. Das Italienische gegen das Deutsche. Aber den Grossvater fanden wir nicht.

Erst zum Schluss, als wir in den dem Gelände gemäss terrassierten Reihen ganz nach unten kamen, sahen wir sein Gesicht. Das ist er ja! rief die Mutter aus. Tatsächlich, das war er. Giovanni Galli,

1897-1956. Er lag bei seiner Familie. Costanza Galli-Pestoni, 1868-1933, die Mutter. C. B. Galli, Professore, 1869-1949, der Vater. Caterina Galli, 1900-1933, die jüngere der beiden Schwestern. Sie war also mit ihrer Mutter gestorben. Die andere Schwester lebte noch. Die wollten wir ja besuchen.

Die Mutter hatte sich die Daten in ihr Notizbüchlein geschrieben. Nun blieben wir eine Weile ganz still. Die Mutter betete wohl. Verstohlen weinte sie. Ein paarmal schneuzte sie sich leise ins Taschentuch. Während ich mir vorzustellen versuchte, wie der Grossvater vor mir unter dem Stein lag. Der Pfarrer hat also nicht gelogen, damals, sagte die Mutter, als wir uns, zurück auf der Strasse, vom Friedhof entfernten.

Nun war das Haus, das *Municipio* hiess, geöffnet. In gebrochenem Italienisch fragte die Mutter einen älteren Herrn hinter einem Kontor nach dem Weg zum Haus des Verstorbenen. La casa Galli, sagte er, kopfnickend, sì, sì. Mit einer abwehrenden Handbewegung schob er uns unter die Tür zurück, um es uns von da aus zu zeigen. Che cosa vuole? fragte er unfreundlich. Was die Mutter da wolle. Sono sua figlia, sagte sie. Dass sie die Tochter sei. Aber der Herr sagte, dass der Grossvater nie eine Tochter gehabt habe. Non aveva una figlia. Oder so ähnlich. Misstrauisch sah er uns nach, als wir das kleine, leicht ansteigende, im flachen Winkel von der Hauptstrasse abzweigende Strässchen hinter dem Gemeindehaus hinaufgingen. Jetzt waren auch in den Gärten, hinter den Zäunen und Mauern, und in den Fenstern der Häuser andere Menschen zu sehen, die uns befremdet zurückgrüssten, als wir sie grüssten. Ein Hund, der uns hinter seinem Gitter, an dem wir entlanggingen, ein Stück weit verfolgte, wurde von seinem Herrn energisch zurückgepfiffen.

Das Haus lag nur ein paar Schritte entfernt, auf einer kleinen Erhebung, mit einer herrlichen Aussicht über die Ziegeldächer des Dorfs und über das Tal. Zwei flache Stufen führten vom Weg zu einem verschlossenen, ein wenig an ein Gefängnis erinnernden Eisentor, dessen eng nebeneinander gesetzte Stäbe oben in verschieden lange lanzenförmige Spitzen ausliefen. Das Tor war gerahmt von zwei gegossenen Sockeln, die von grossen, fast monumentalen Steinvasen gekrönt wurden, über deren Ränder eine fleischige, rosarot blühende Pflanze mit Speckblättern herunterwuchs, von der ich den Namen nicht kannte.

Überhaupt, wie hier alles schon blühte. Hinter dem Gittertor lag ein kleiner Vorgarten, rundum in Mauern eingefasst, überwuchert von einem kleinwüchsigen gelben Unkraut, durch das hindurch ein schmaler Plattenweg zur Haustür hinüberlief. Am linken Türpfosten, durch zwei Eisenringe geführt, hing eine Ziehklingel mit verrostetem Griff herunter. Neben der Tür standen Reste eines abgestorbenen Baums vor der Wand. In der Ecke blühte Wacholder. Ein Lorbeerbaum kämpfte um Licht. Davor und darunter und aus dem Winkel der Gartenmauer heraus machten verblühte Winterrosen einen etwas vernachlässigten Eindruck.

Auf der anderen Seite, rechts neben dem Weg, nahmen sich ein paar Nadelbäume gegenseitig die Sonne. Dazwischen wucherte wild eine Stechpalme, deren rote Beeren aus dem staubigen Grün des Dickichts herausleuchteten. Die kannte ich vom Palmsonntag. Dahinter verbarg sich ein roher rechteckiger Steintisch, in dessen Platte ein Wappen und eine alte Jahreszahl eingeschnitten waren. Hinter ihm eine Steinbank. In diesem Winkel, der ganz im Schatten lag und jetzt kalt und feucht wirkte, stellte ich mir warme Sommertage sehr schön vor.

Über der Eckmauer, eine Etage höher, von vorn gesehen auf der Höhe des ersten Stockwerks, da das Haus in den Hang gebaut war, aber seitlich neben dem Erdgeschoss, begann, von einem rostigen Drahtzaun umgeben, an dem etwas Gelbes wuchs, ein weitläufiger Garten, der sich gewiss um das ganze Haus herum fortsetzte. Ein paar Palmwipfel sah man über fremdartigen, rot und weiss blühenden Sträuchern im Hintergrund. Und schau die Kastanien, sagte die Mutter.

Wir hatten das Gartentor, das in den Angeln quietschte, sorgfältig hinter uns zugemacht und standen jetzt vor der Haustür. Ich durfte die Klingel ziehen. Wir schauten hinauf. Das Haus war hellgrau gestrichen, zweigeschossig, wenn man das halb in die Erde gebaute Geschoss nicht mitzählte, in dessen Fassade nur die Türe und zwei winzige vergitterte Fenster eingelassen waren und das wohl eher ein Kellergeschoss war. Blaugraue Läden, mehrheitlich geschlossen, wahrscheinlich gegen die Sonne, schützten oder flankierten die Fenster, drei auf jedem Stockwerk, nach vorne heraus, die anderen sahen wir nicht. Im zweiten Stock war das dritte Fenster eine Glastür, die auf einen schmalen Balkon hinausführte. Darunter, vom Garten her im Parterre, verlief eine gedeckte Veranda um die Ecke herum nach hinten, zu welcher der Zugang durch die Schmalseite oder die Rückseite des Hauses sein musste, die sich unseren Blicken natürlich entzogen. Nach rechts stand das Haus also frei, nach links war es an ein anderes, ähnliches angebaut, das aber in einer anderen Farbe gestrichen und auf ganz unlogische Weise etwas nach vorne versetzt war.

Zieh noch einmal, sagte die Mutter. Stärker. Nachdem zuerst alles still geblieben war, hörte man jetzt im Innern energische Schritte eine Holztreppe herunterkommen. Ein Schlüssel wurde zweimal gedreht. Die Tür ging auf. Im Türsturz stand eine grosse weisshaarige Frau, so gegen die siebzig, einfach, aber elegant gekleidet, natürlich in Schwarz, sie trug ja Trauer, mit einem scharfgeschnittenen langen Gesicht, mit der typischen Nase, die die Mutter auch hatte, welche dem Grossvater sehr glich. Sie liess die Türklinke nicht aus der Hand. Chi è? Che cosa vuole? fragte sie, kaum dass sie uns sah, mit einer schneidenden, ein wenig näselnden, ein wenig zu lauten Stimme. Wir standen ja dicht vor ihr. Was wir also wollten. Wahrscheinlich hielt sie uns für Bettler oder Hausierer, die ihr etwas entlocken oder verkaufen wollten.

Parla tedesco? fragte die Mutter zurück. Ob sie also deutsch sprechen könne. Und da die alte Frau, die eigentlich ein Fräulein war, wie mir die Mutter erklärt hatte, jedenfalls, wie ihr Bruder, mit dem sie hier zusammengelebt hatte, niemals verheiratet gewesen war, da sie die Frage bejahte, begann meine Mutter es ihr auseinanderzusetzen. Wer sie, die Mutter, sei. Nämlich das Kind ihres Bruders, des Bruders der Signorina. Und ich ihr Sohn, also das Grosskind des Bruders. Und also ihr Grossneffe. Da sie meine Grosstante sei. Und also die Tante der Mutter. Sie selbst ihre Nichte. Sie tat es mit nüchterner Stimme. Und zur Bekräftigung ihrer Aussage hielt sie ihr den Brief hin, den sie am Morgen eingesteckt hatte und den sie jetzt aus der Tasche zog; in welchem mein Grossvater vor Jahren handschriftlich bestätigt hatte, dass er ihr Vater sei.

Die Signorina war blass geworden. Bei den ersten Worten der Mutter hatte sie die Türe schon fast wieder schliessen wollen, jetzt, da sie den Brief sah, bat sie uns schnell herein. Noch im Flur warf sie einen flüchtigen Blick hinein. Sie musste die Schrift sofort erkannt haben. Mit einem raschen Augenschein auf die Strasse und in die Nachbarschaft schloss sie die Haustür hinter uns zu. Kommt herauf, kommt herauf, drängte sie. Und schob uns vor sich her die Stufen hinauf.

Die Treppe mündete, durch eine offenstehende zweite Türe, direkt in die Stube. Wir blieben stehen, vor einem breiten Tisch, der in der Mitte des länglichen Raumes stand, während die Signorina an uns vorbeiging und sich in der rechten Ecke, die die hintere Hausecke war, in einen Ohrensessel fallen liess. Die längste Zeit starrte sie auf den Brief, den sie immer noch in der Hand hielt. Am Papier konnte man sehen, dass sie ein wenig zitterte. Sie sah auf. Wir standen noch immer. Setzen Sie sich, setzen Sie sich, sagte sie. Wir setzten uns an den Tisch, die Mutter setzte sich an die Längsseite, ich mich an die Schmalseite, den Stuhl etwas abgedreht, beide mit dem Rücken zum Treppenhaus, so dass wir auf die hintere Wand schauten. Es war so, wie ich es mir vorgestellt hatte. Durch die Fenster und eine schmale Verandatür sah man auf die Terrasse und auf einen grossen, etwas verwilderten Garten, in dem ich jetzt gerne gespielt hätte. Da standen auch die Kastanienbäume, deren mächtige kahle Kronen wir schon von unten über alles hinausragen gesehen hatten. Sie bildeten eine fliessende Grenze zu dem dahinter aufsteigenden Bergrücken, an dessen Flanke sich nach rechts ein Mischwald hinaufzog, in dem die Laubbäume für das Auge noch graue Löcher bildeten, nach links eine vom Winter noch braune Wiese, auf der aber weit oben schon Schafe weideten.

Immer noch las die Signorina den Brief. Wahrscheinlich zum x-ten Mal. Mir wurde der Stuhl, der ins Kreuz drückte, unbequem. Ma non è vero, ma non è vero, sagte sie immer wieder. Dass das alles nicht wahr sei. Dass ihr Bruder nie eine Tochter gehabt habe. Nie im Leben. Wie auch. Sie hätte davon gewusst. Sie seien ja immer zusammen gewesen. Dass alles erfunden sei. Erfunden, erstunken, erlogen. Ein billiger Trick. Eine Fälschung. Und warum die Mutter denn, wenn er ihr Vater gewesen wäre, nicht schon früher gekommen sei? Mit ihrer Mutter? Nicht erst jetzt, da er tot sei und sie vielleicht glaube, dass es etwas zu holen gäbe. Es gibt nichts zu holen! schrie sie. Da kannst du zehnmal dein Kind mitbringen, um Eindruck zu machen! Und wer weiss denn, ob es überhaupt dein Kind ist! Du bist ja auch nicht sein wirkliches Kind! So oder so ähnlich, sie sprach in gebrochenem Deutsch.

Ich war erschrocken. Mehr über das Böse der Stimme als über das, was sie sagte. Ich wusste ja, dass es nicht wahr war. Ich hatte ja meinen Grossvater gekannt. Sie war aus ihrem Sessel aufgestanden, hatte die paar Schritte herüber gemacht und den Brief vor der Mutter, die wie ein Kind dasass, auf dem ihr angewiesenen Platz, die Hände im Schoss gefaltet, auf die Tischplatte geworfen. Lügnerin! Diebin! Erbschleicherin! sagte sie hart. So dass ich von meinem Stuhl rutschte und mich neben die Mutter stellte. Die Mutter, der das

Wasser in den Augen stand, steckte den Brief ein und nahm meine Hand. Sie stand auf. Komm, sagte sie, gehen wir, wir haben hier nichts mehr verloren. Und drängte mich vor sich her die Treppe hinunter. Aber da die Haustür abgeschlossen war und bis die Mutter den Schlüssel, der steckte, im Schloss gedreht hatte, holte uns die Signorina, die hinter uns her gestolpert war, noch einmal ein. Bleib, rief sie, so war es nicht gemeint, und versuchte zuerst die Mutter, dann mich zu umarmen. Aber die Mutter stiess sie zurück und suchte mit mir das Freie. Und als wir schon auf der Strasse waren und uns die Signorina noch etwas nachrief, drehten wir uns nicht mehr nach ihr um.

Was machen wir jetzt? fragte ich nach einer Weile, nachdem wir zuerst ein Stück einfach gegangen waren. Hast du Hunger? fragte die Mutter. Ja, sagte ich. Es war schon halb drei. Dann gehen wir etwas essen, sagte sie, das Postauto geht erst um halb vier.

Im ganzen Dorf fanden wir nur ein einziges Restaurant. *Osteria* hiess das hier. *Osteria Ortelli.* Das war der Name. Wir hatten ihn schon auf den Grabsteinen gelesen. An der Decke der Tordurchfahrt, die auf einen kleinen Innenhof ging, in dem ein paar Tische und Stühle standen, an einem eisernen Ring, waren Maiskolben entweder zum

Trocknen oder als Schmuck aufgehängt. Einer von ihnen hatte sich offenbar gelöst und war heruntergefallen. Die hellen, getrockneten Blätter und der zerborstene Kolben lagen zerdrückt auf dem Pflastersteinboden, und wenn man nicht achtgab, trat man beim Gehen auf die orangegelben Körner. Die Mutter öffnete linkerhand eine Tür, die in die Gaststube hineinführte. Kein Mensch war zu sehen. Aber von der anderen Seite, quer über den Hof, kam eine kleine, dicke Frau gelaufen, die mit den Händen fuchtelte und uns beschimpfte. È chiuso, rief sie. Es sei geschlossen, und ob wir den Maiskolben heruntergeschlagen hätten. Es fiel uns nicht leicht, uns der Frau, die sehr aufgeregt war, mit Händen und Füssen auch nur einigermassen verständlich zu machen.

Zum Glück hatte die Mutter noch Brote in ihrer Tasche. Die assen wir jetzt, im Gehen. Und zu trinken nahmen wir von einem Brunnen am Weg. Es blieb uns nichts anderes übrig.

Wir stiegen die steilen Stege zur Kirche hinauf. Was sollten wir tun mit der verbleibenden Zeit? Vom Vorplatz sahen wir über das ganze Dorf, auf das Haus, auf den Kastanienhain, auf den Friedhof, und weiter hinaus über das ganze Tal.

An der Kirche wurde gearbeitet. Die Fassade war eingerüstet. Wir mussten das Gebäude von der Seite betreten. Grün schlug uns entgegen, von den Wänden und von der Decke herab. Der kleine Raum war mit Kitsch überladen. Überall hingen Bilder, wie ich sie aus meinem Gebetbuch kannte. Aufgerissene Herzen, aufgerissene Himmel, Heilige, die von unten nach oben, und Heilige, die von oben nach unten schauten. Vor dem Altar stand ein riesiges Holzkreuz mit einem leidenden Jesus. Hinten, über dem Haupteingang, war eine Empore aus Holz aufgebaut. Im kleinen Querschiff waren auf der einen Seite das Taufbecken und der Tabernakel, auf der anderen, neben einem verschlossenen Harmonium, nahe beim Ausgang, ein Opferstock und ein Kerzenständer. Bevor wir gingen, warf die Mutter eine Münze in den Schlitz, und ich durfte eine Kerze anzünden. Beim Abstieg musste sich die Mutter, die Schuhe mit hohen Absätzen trug, auf mich abstützen.

Um halb vier kam der Bus. Eine Stunde später sassen wir schon im Zug. Wir waren allein im Abteil. Jeder in seiner Ecke, jeder in seine Gedanken versunken, schauten wir, ohne Neugier, hinaus. Diesmal sah ich zurück. Auf das Wasser, das uns davonlief. Auf das graue vertrocknete Flussbett. Auf die dunkler werdenden Hügel, die ihre flachen Schatten in der blendenden Abendsonne scharf auf die gegenüberliegenden Felswände warfen.

Mich hat ja nie jemand gewollt, sagte die Mutter, in das Schweigen hinein. Auch dein Vater nicht. Nicht einmal diese Reise hat er mit mir gemacht. Ich schaute sie an. Ich wusste nicht, ob ich sie richtig verstand. Aber ich, sagte ich, ich habe dich doch gewollt. Die Mutter lächelte. Kurz darauf schlief ich ein. Als ich erwachte, waren wir schon wieder auf der anderen Seite. Der Tunnel lag hinter uns. Es regnete und es war Nacht.

II
NACHTSTÜCK

»In der Nacht, in der Nacht,
wenn der Büstenhalter kracht.«

Kinderreim

Ich chönnt di verschliergge, hatte die Mutter manchmal gesagt, oder, ich chönnt di umbringe, zu meinem Bruder oder zu mir, verzweifelt, wenn sie uns frühzeitig zu Bett schickte, das heisst vor dem Nachtessen oder vom Nachtessen weg, mit leerem Magen, plötzlich, weil sie einem von uns oder uns beiden wieder einmal nicht gewachsen gewesen war während des Tages. Dabei liebte sie uns, mehr als alles sonst auf der Welt, das hatte sie auch gesagt.

Umbringen, das wussten wir, was das hiess. Verschliergge, das hiess soviel wie zerdrücken, zertreten, unter dem Daumen ausdrehen, alles, was man mit einem Insekt auf dem Boden, auf der Tischplatte, auf dem Fensterglas machen konnte. Das konnten wir uns vorstellen. Das führte sie uns ja jeden Tag vor. Natürlich hatte sie es nicht so gemeint, aber wie sonst hätte sie es gemeint haben können?

Wir hörten das feine Knacken der Kopf- und der Rückenpanzer, wenn sie unter dem Druck des Fusses oder des Fingers oder des Gegenstandes, den sie zu Hilfe nahm, nachgaben. Wir sahen die eklige cremige, blutige Spur, die auf den Fliesen, dem Teller, der Scheibe von den Tieren zurückblieb, wenn sich der Fuss wieder hob, wenn die Hand der

Mutter fertig zerquetscht und zerrieben hatte und in den Schoss oder zu Messer und Gabel zurückkehrte.

Wespen waren es meistens gewesen, Wespen oder Bienen oder diese dicken Schmeissfliegen, die sich vom Garten hereinverirrt hatten und die wir vergeblich versucht hatten durch das geöffnete Fenster wieder hinauszuscheuchen, die in ihrer Verstörung immer nur gegen das Glas geflogen waren, immer nur gegen das Glas gestossen und am Glas hinuntergerutscht und am Glas wieder hinaufgestiegen, unter Gesumm und Gebrumm, hinaufgestiegen, hinuntergerutscht, auf den Fussboden, auf den Tisch, in die Teller gefallen, von neuem aufgestiegen, von neuem gegen die Fensterscheibe geprallt, von neuem heruntergefallen. Die Hand der Mutter machte kurzen Prozess.

Dieselbe Hand streichelte uns, wenn sie Lust hatte, fuhr uns über den Scheitel und über die Wange, wischte uns Schuppen von den Schultern, rieb uns, mit etwas Speichel, Rotz oder Schmutz von der Haut, legte sich, wenn wir Fieber hatten, kühl auf unsere Stirn, warm, wenn wir froren, auf unsere Brust, schützend, wenn wir erschrocken waren, auf unser Haupt, hielt uns, führte uns, erzog uns, verzog uns, verwöhnte, verzärtelte uns.

Wir liebten die Mutter; aber jetzt wollte sie uns vernichten. Mit einem einzigen Fusstritt. Mit einer einzigen Drehung des Daumens. Mehr bedurfte es nicht. Wir waren ihre Kinder. Wir gehörten ihr. Sie konnte mit uns machen, was sie wollte. Sie konnte unsere Sonne aufgehen lassen, wenn sie wollte. Sie konnte unsere Sonne untergehen lassen, wenn sie wollte. Durch sie hatten wir das Licht der Welt erblickt. Sie konnte uns in die Nacht zurückstürzen.

Jetzt war die Sonne untergegangen. Wir lagen im Dunkeln, in unserem Bett, auf dem Rücken, im abgedunkelten Verlies unseres Zimmers, die Läden zum Garten hin waren zugesperrt, hinter verschlossenen Türen, atemlos, hellwach und todmüde, die Augen weit auf in die Schwärze der Nacht gesperrt, nur pochendes Herz und Ohr, und horchten den Gängen der Mutter nach. Wie sie die Treppe zum ersten Stockwerk heraufkam, wo unsere Zimmer lagen, und wieder hinunterging. Wie sie an die Türen unserer Zimmer herantrat, und wie sie an den Türen unserer Zimmer vorbeiging, wie sie sich von den Türen zu unseren Zimmern entfernte. Immer wieder. Wie sie durch das Haus ihre Bahnen zog.

An die Tiere im Zoo erinnerte sie uns, die sie am Sonntag manchmal mit uns besuchte, die, in ihre

Käfige eingesperrt, immer wieder die gleichen Wege gingen. Dabei waren wir es, die eingesperrt waren.

Kommt sie jetzt mit der Axt und erschlägt uns? fragten wir uns. Kommt sie jetzt mit dem Strick und erwürgt uns? Oder drückt sie uns einfach das Kissen auf das Gesicht, bis wir aufhören zu atmen? Verschliergge, umbringen, hatte die Mutter gesagt. Wir wussten, auf uns bezogen, ja nicht, was das hiess.

Ich sage: wir, und ich sage: uns, aber genaugenommen weiss ich natürlich nur, wie es mir dabei zumute war. Mein Bruder, der kleiner war als ich, war ja in solchen Nächten nicht nur durch vier Jahre, sondern auch durch zwei Wände und einen Flur von mir getrennt. Aber für ihn in seinem Bett, in seinem Zimmer, in seinem Dunkel mochte es nicht viel anders gewesen sein als für mich.

Wach bleiben! Nicht einschlafen! Das war der Strohhalm, an den ich mich klammerte, wenn mich der Strom der über mich kommenden Müdigkeit, des über mich kommenden Schlafes dem Griff der Angst, wie stark er auch war, entreissen wollte. Wach bleiben, wachsam sein, wachen, das war unser einziger Schutz in der Nacht. Vor der

Nacht. Vor der Nacht, die in Gestalt unserer Mutter über uns hereingebrochen war, wieder einmal, ohne Vorwarnung, aus heiterem Himmel. Aber war es ein Schutz? Und wo war der Schutz unseres Vaters? Hielt er in solchen Nächten schützend seine Hand über uns?

Hatte er nicht immer allen, die es hören wollten, erzählt, wie sie, unsere Eltern, uns, als wir klein gewesen waren und als wir nachts Angst gehabt hatten und als wir nachts Hunger gehabt hatten und als wir nachts geschrien hatten, einfach eine Nacht lang hätten durchschreien lassen, in unseren Zimmern, darauf seien wir still gewesen, ein für allemal, endgültig, beide, zuerst ich, dann mein Bruder? Und hatte er das nicht immer mit Stolz erzählt? Immer eine Nacht weit, immer diese erste, nicht wieder gutzumachende Nacht weit von uns entfernt?

Wo war er jetzt, als wir grösser waren, aber immer noch klein, und als wir wieder schrien, in uns hinein, wie wir es in jener Nacht gelernt hatten, weil wir wieder Angst hatten vor der Dunkelheit und vor dem Alleinsein in unserem Zimmer, und als wir wieder Hunger hatten nach seiner Liebe und nach der Liebe der Mutter?

Was hätte ich nicht alles angestellt, um nicht einzuschlafen. Um nicht einzuschlafen einerseits und um andrerseits das Schlimme, vor dem ich mich fürchtete, dessentwegen ich nicht einschlafen wollte, im Wachzustand zu ertragen. Ich zwang mich, an bessere Nächte und bessere Tage zu denken. An Tage mit der Mutter, in die Sommersonne hereinfiel. Unterwegs. Mit dem kleinen Bruder im Kinderwagen. Ich ihnen voraus oder hinterher. Durch die Wiesen, am Bach. Mit Brotbrocken in den Hosentaschen, um die Enten damit zu füttern. Oder an Nächte nach schwülen Tagen, in denen wir schon geschlafen hatten und sie uns noch einmal aufweckte, weil der Vater sich nicht mehr aufwecken liess, und in die Stube herunterholte und uns zu ihrer Linken und ihrer Rechten auf dem Sofa drapierte, um uns, wie sie sagte, zu schützen, in Wirklichkeit sich, weil sie Angst hatte vor dem Gewitter, das draussen herniederging. Oder an Abende im Winter, im warmen Schein der Lampe, die von der Decke herunterhing, wenn wir mit ihr um den Tisch sassen, um in seiner Abwesenheit mit ihrer Hilfe unser Weihnachts- oder Geburtstagsgeschenk für den Vater fertigzustellen. Oder an den Tag mit der Mutter am Küchentisch, sie mit der blau-weiss karierten Schürze, als wir mit ihr zusammen auf den Anruf aus dem Spital warteten, in dem der Vater am Kopf operiert wurde. Oder an

Mittage und Abende zu allen Jahreszeiten, an denen wir am Fenster im Treppenhaus, uns auf die Stufen kauernd, auf den noch oder wieder gesunden Vater warteten, der von der Arbeit nach Hause kam. Um ihm, wenn wir ihn kommen sahen und er schon in den Gartenweg einbog und das Gartentor hinter sich schloss, die Treppe hinunter- und durch den Hausgang entgegenzurennen. Wetteifernd miteinander, wer ihn zuerst sähe und wer der Schnellere wäre und wer ihm, als erster, wenn er zur Tür hereintrat und seine Schritte vor uns zum Halten brachte, die Hausschuhe vor die Füsse auf den Klinkerboden stellen durfte. Oder an Tage mit den Eltern im Gebirge, in den Ferien. Wo es zu Tausenden diese kleinen blauen Schmetterlinge gab. Wie ich da mit dem Bruder auf Holzzäunen sass. Wie wir, wenn sie es zuliessen, den Eltern die Rucksäcke trugen. Wie wir uns abmühten, mit unseren kürzeren Beinen hinter ihren längeren Beinen hergehend, in ihre Fussstapfen, und in keine andern, zu treten.

Daran versuchte ich zu denken, an solche Dinge. Krampfhaft, tapfer, entschlossen. Um trotz der Müdigkeit wach zu bleiben und nicht zu verzweifeln. Wenn das nicht genügte, kniff ich mich in den Arm oder in die Backe oder ins Ohrläppchen, abwechselnd, damit ich mich an den Schmerz nicht gewöhnte. War ich doch einmal für einen Augenblick eingeschlafen und fuhr aus dem Schlaf wieder hoch, machte ich Licht an und stand auf, um unter dem Bett und im Schrank nachzusehen, ob die Mutter sich nicht in der Zwischenzeit in mein Zimmer geschlichen hatte, um das tagsüber gegen mich ausgesprochene Urteil aus dem Versteck der Nacht heraus an mir zu vollstrecken. Sobald ich mich nur beruhigt hätte und in der Wachsamkeit nachliesse. Fand ich sie nicht, und ich fand sie natürlich nie, machte ich das Licht rasch wieder aus, damit sie es nicht bemerkte, als Schein durch das Schlüsselloch oder durch die Fugen zwischen Türe und Türrahmen hindurch, und stieg leise ins Bett zurück, um nicht ein neues Gericht über mich heraufzubeschwören und das ohnehin schon über mir schwebende Verhängnis noch zu vergrössern.

Wie gerne hätte ich einen Schlüssel gehabt, um mich in meinem Zimmer vor meiner Mutter einzuschliessen. Aber ich hatte keinen Schlüssel. Die Schlüssel zu den Türen der Kinderzimmer steckten von aussen. Wenn hier überhaupt jemand jemanden einschloss, dann die Eltern uns. Meinen Bruder und mich. Von ihnen weg. Sie hatten es nie getan, aber einmal konnte das erstemal sein.

Während ich allein im Dunkel meines Zimmers lag und an die Decke starrte, die ich als schwarzen, undurchdringlichen Himmel über mir hängen sah, malte ich mir mögliche Fluchtwege aus. Angenommen, die Mutter sperrte die Türe wirklich von aussen zu, angenommen, die Mutter stand wirklich mit der Axt oder mit dem Strick in der Hand auf der Schwelle, wie konnte ich mich gegen sie wappnen? Die Schlafzimmer lagen im ersten Stock. Die Fensterläden waren zwar verriegelt, aber natürlich von innen. Also die liessen sich öffnen. Mit einer einzigen heftigen Bewegung der Hände. Nachdem die Fenster erst einmal aufgemacht waren. Wenn sie, wie jetzt im Sommer, nicht ohnehin offenstanden. Entriegeln, aufsprengen, auseinanderschlagen. Aber was war damit gewonnen? Ausser die Aussicht ins Freie? Die überdies nun ja verdunkelt war? Und ausser der Möglichkeit eines Hilferufs an die Nachbarn? Gab es Nachbarn, die sich im Zweifelsfall eines Streits zwischen Eltern und Kindern auf die Seite der Kinder schlugen? Für einen Sprung in den Garten hinab, ins Gras oder in einen Strauch, lag das Fenster zu hoch. Und doch, in den schwärzesten Nächten, und diese Nächte, von denen ich spreche, waren alle die schwärzesten, schloss ich auch einen solchen Satz in die Tiefe nicht aus. Nur, auf der anderen Seite, auf der anderen Seite des Hauses, da, wo mein Bruder schlief oder nicht schlief, an der Ostwand, hätte ein solcher Sprung in die Tiefe den Sturz auf die Kellertreppe und damit wahrscheinlich den Tod bedeutet.

Seile mussten her, die für den Notfall bereitlagen. Zusammengerollt, unter dem Schrank, in unmittelbarer Nähe des Fensters. Mit einem Karabinerhaken versehen, wie der Vater einen verwendete, um seine Taschenuhr am Hosenbund festzuhaken. Nur stärker und grösser. Mit dem sie sich in Sekundenschnelle ins Fensterschloss einhängen liessen. An denen wir uns abseilen konnten. Das hatten wir ja in der Schule im Turnunterricht an den Tauen gelernt. Das mussten wir uns besorgen, nur, wo und wie.

Und dann? Wo gingen wir hin? Im Garten konnten wir ja nicht bleiben, da wurden wir schnell wieder eingefangen, von der Mutter oder vom Vater, der doch nun sicher auch alarmiert war. Über den Zaun mussten wir klettern, durch den Buchenhag schlüpfen, aus dem der kleine Spatz einst gefallen war, den uns der Vater zur Pflege und Aufzucht anvertraut hatte, den dann die Katze der Nachbarn gefressen hatte, kaum dass er vom Japankirschstrauch herunter die ersten Flugversuche gemacht hatte, nicht durch das Gartentor, nicht um das

Haus herum, wo im grellen Licht der Flurbeleuchtung unter der Tür schon die Eltern warteten. Und dann durch die Nacht laufen, in die Nacht hinein, in die Nacht hinaus, weit, bis ans andere Ende der Stadt, wo mein Freund aus der Schule wohnte, angstvoll, von Strassenlaterne zu Strassenlaterne, ohne mich umzusehen, kein einziges Mal, das brachte Unglück, nur laufen, laufen, so schnell ich konnte, und sei es im Nachthemd, die Unterhose würde ich künftig darunter anbehalten, zu diesem Freund, der mich aufnahm, der mir auf ein verabredetes Zeichen, ein Steinchen gegen sein Fenster, die Türe öffnete und mich hereinliess, er konnte mir auch von sich ein paar Kleidungsstücke ausleihen, morgen musste ich mit ihm über all das reden, wenn ich den morgigen Tag noch erlebte, und er musste mit seinen Eltern reden, damit sie mich, wenn es zum Äussersten kam, nicht an die meinen verrieten. Das galt für mich; aber was wäre mit meinem kleineren Bruder gewesen, wo wäre bei alldem mein kleiner Bruder geblieben?

Über solche Dinge dachte ich nach. Solche Fragen zuckten mir durch das Gehirn, das sich noch immer mit aller Kraft gegen den Schlaf wehrte.

Bis die Mutter im Haus endlich ruhig wurde. Bis auch ich endlich ruhig wurde. Bis die Eltern zu

Bett gingen. Ich hörte sie noch, abgedämpft durch das Holz der Türen, wie sie nacheinander im Bad ihre Verrichtungen machten. Wie sie sich wuschen. Wie sie sich entleerten. Wie sie ihre Ausscheidungen hinunterspülten. Und wie sie dann die Schlafzimmertür, die nach meiner die nächste war und zwischen der meines Bruders und meiner lag, hinter sich zumachten. Und wie sie sich in ihr grosses, schweres Bett legten, mit der grossen, schweren Holzumrandung, von der jetzt ein Knarren und Knacken zu uns herüberdrang, in dem uns die Mutter geboren hatte, vor wie vielen Jahren? Mich mit den Füssen voran, meinen Bruder in einer Blutlache, die sie und ihn beinahe das Leben gekostet hätte. Sie hatte nicht genug davon bekommen können, es uns zu erzählen. Ich hörte sie, wie sie in die Matratzen sanken, die ein paar ächzende Geräusche von sich gaben, wie sie sich ein-, zweimal hin und her wälzten, bis sie ihre Lage fanden, dann wurde es still.

Ich war eingeschlafen. Als ich wieder erwachte, hörte ich aus dem Schlafzimmer der Eltern Geräusche zu mir herüberdringen, die wie das Weinen der Mutter klangen; ein Wimmern, ein leises Flehen, zuletzt ein Schluchzen. Während vom Vater die ganze Zeit über kein einziger Laut zu hören gewesen war. Kein Zuspruch, keine Tröstung, kein irgendwie erlösendes Wort, das die Mutter doch sicher gebraucht hätte. Wie immer es hätte lauten müssen. Auch nicht sein Schnarchen, das sonst so oft, wenn alles ruhig war, in langen, gleichmässigen Zügen die Stille zersägte. Nur das Bettzeug, die Matratzen, das Bettgestell waren für einen kurzen Augenblick in Aufruhr geraten.

Steif lag ich im Dunkel im Bett in meinem Zimmer, das Wand an Wand neben dem Zimmer der Eltern lag, und lauschte und horchte hinüber und wartete auf das, was noch kommen sollte. Und auf der anderen Seite, in seinem Zimmer, in seinem Bett, in seinem Dunkel, an der anderen Wand, die das Schlafzimmer der Eltern von seinem abtrennte, tat wohl der Bruder das gleiche.

Aber nichts kam mehr. In der Nacht, in der Nacht, wenn der Büstenhalter kracht, leierten wir in uns hinein, jeder für sich, um uns zu erleichtern, und würden wir uns am kommenden Morgen wieder vorleiern, zusammen, heimlich, wenn niemand es hören konnte, aber uns ins Gesicht hinein, laut, lachend, schreiend, wenn der kommende Morgen noch kam.

Wir hatten den Reim aus der Schule, von der Strasse oder wer weiss woher mitgebracht, aber wir wussten nicht, was er hiess. Ich wusste nur, dass zwischen den Brüsten der Frauen, die man auch Büsten nannte, die also vom Büstenhalter gehalten wurden, aus dieser weissen, weichen Spalte heraus, von der man nicht wusste, wie tief sie reichte, wenn man ihnen in den Ausschnitt hineinsah, in die hinab unserer Mutter, wenn es heiss war, im Sommer, manchmal die Schweissperlen rollten, von ihnen die Kinder geboren wurden, die sie vorher unter dem Herzen trugen. Mein Bruder wusste nicht einmal das.

Aber wir trafen uns manchmal, nachts, wenn die Eltern ausgegangen waren, ins Theater oder ins Kino, und wir nicht schlafen konnten, aus Furcht, nun weil wir allein waren, ohne dass wir uns dazu verabredet hatten, in ihrem Schlafzimmer, vor der Kommode der Mutter wie vor einem Altar, auf dem statt des Altarbilds ihr Spiegel stand, um in ihrer Abwesenheit das Heiligtum zu öffnen und die Geheimnisse hervorzuholen, die sonst dort vor uns verborgen lagen. Wir zogen uns unsere Nachthemden über die schmalen Hüften, über die schmächtigen Oberkörper und über den Kopf und warfen sie auf die Bettstatt der Eltern, so dass sie dort neben- oder übereinander zu liegen kamen, und zogen uns, eins nach dem andern, die Wäschestücke der Mutter an. Die Wäsche des

Vaters interessierte uns nicht, die war der unsern zu ähnlich.

Ich wusste nicht, ob das, was mein Bruder dabei empfand, schon von der selben süssen Bitternis oder bitteren Süsse war wie das, was sich in mir vom Bauch über den ganzen Körper bis zu den Zehen- und Haarspitzen ausbreitete, das ich sonst nur kannte, wenn mich die Mutter oder der Vater schlug oder wenn ich im Halbdunkel des Beichtstuhls die Sünden gestand oder verschwieg, die ich gerade beging, aber das Leuchten in unseren Gesichtern, die Mischung aus Lust und Schuld, die in unseren Augen aufflackerte, die Verzückungen und Verzerrungen um unseren Mund herum waren von gleicher oder ähnlicher Art. Ich sah es im Spiegel auf der Kommode, in dem wir uns von allen Seiten betrachteten, der unsere Posen als anstössige, unanständige Bilder zurückwarf.

Das also trug unsere Mutter. Das waren die Strümpfe, in denen sich ihre Schenkel unter den Röcken rieben, wenn sie neben uns her durch die Strassen ging oder wenn sie auf dem Sofa elegant ihre Beine übereinanderschlug. Das die seltsamen Gummibänder mit ihren seltsamen Aufhängevorrichtungen, an denen sie sie, über ihrem weissen Fleisch, befestigte. Das ihre Höschen, von denen wir, wenn wir unter dem Tisch spielten und etwas Glück hatten, einmal ein Stück erspähten. Und das ihre Büstenhalter, die also in der Nacht krachten, wenn wir nicht wussten, was der Vater mit der Mutter tat und warum sie dabei weinte. Daran dachten wir. Daran dachte jedenfalls ich.

Aber jetzt waren die Eltern ja da. Und jetzt weinte die Mutter nicht mehr, sondern sie schrie.

Sie war wieder aufgestanden. Was heisst aufgestanden? Aufgefahren! Aus ihrer Haut gefahren, wie sie selbst manchmal sagte, es ist, um aus der Haut zu fahren! Aus dem Bett, aus dem Zimmer, ins Bad gestürzt! Wie hätte ich mich in diesen Nächten in meinem Zimmer vor meiner Mutter einschliessen wollen! Statt dessen hatte sich unsere Mutter nun vor uns allen ins Badezimmer eingeschlossen. Und der Vater rüttelte an der Tür und beschwor sie, keine Dummheiten zu machen. Dummheiten, sagte er, wir konnten uns denken, was das hiess. Wir standen an seiner Seite. Er im Schlafanzug, wir in den Nachthemden. Alles Frühere war vergessen. Keine noch so kurz zurückliegende Androhung von Strafe konnte uns jetzt in unseren Betten zurückhalten. Jetzt galten neue Gesetze. Es galt jetzt, die Mutter von einer Dummheit abzuhalten.

Mutter! riefen wir. Mach auf! Komm heraus! Wir schrien, mit ihr, die wir hinter der verschlossenen Türe auch schreien hörten. Wir rüttelten gemeinsam mit dem Vater an dieser Türe. Wir zogen die Türklinke herunter, wir warfen uns mit unseren kleinen Körpern gegen das Holz der Türe, so dass es unter der Wucht und dem Druck des Aufpralls beinahe zersprang und der Vater uns mit Gewalt zurückhalten musste, damit wir nicht alles kaputtmachten, wir glitten an der Türe herab und zu Boden, auf unsere Knie, und weinten und schluchzten und winselten, und klammerten uns, jeder auf seiner Seite, an den Hosenbeinen des Vaters fest.

Wir standen und knieten und lagen vor dieser Badezimmertür und bettelten um das Leben der Mutter. Von der jetzt nichts mehr zu hören war. Kein Laut, keine Geräusche. Mutter! riefen wir ängstlich, was tust du? Mutter, fragten wir kläglich, was haben wir denn getan, dass du das tust? Sie antwortete nicht. Mutter, baten wir, bitte, deinen Kindern zuliebe, tu's nicht!

Die Mutter gab keine Antwort. Kein noch so schwaches Zeichen, dass unsere Angstlitanei sie erreichte. Nur das Fliessen von Wasser war hinter der Türe zu hören, oder das Springen von Pillen auf Porzellan, oder das Klirren von Glas. Es schnitt uns ins Herz. Wir kannten all diese Geräusche ja schon. Wir konnten all diese Töne ja auswendig. Wir hätten von all dem ja unser Lied singen können. Aber uns war nicht zum Singen zumute. Uns hatte es inzwischen nicht nur die Stimme, sondern auch die Sprache verschlagen.

Nur der Vater sprach noch. Ruhig. Besonnen. Beschwörend. Ruth! sagte er, hör jetzt auf! Er nannte sie bei ihrem Vornamen. Ruth! sagte er, wieder, komm jetzt heraus!

Da plötzlich wurde tatsächlich von innen der Schlüssel im Schloss gedreht. Und die Türe ging auf. Und die Mutter kam heraus, im Nachthemd, mit offenen Haaren, und ging ohne ein Wort und ohne uns anzuschauen an uns allen vorbei und die Treppe hinunter und aus dem Haus, hinaus in die Nacht. Gerade noch, dass sie sich ihren Regenmantel übergeworfen und ihre blossen Füsse in die Stöckelschuhe gezwängt hatte, aus denen sie immer wieder herauskippten, schon war sie auf dem Gartenweg, schon schlug sie das Gartentor hinter sich zu. Das sahen wir noch, als wir ihr, um sie zurückzuhalten, die Treppe hinab und bis unter den Türsturz folgten.

Natürlich war es wieder einmal zu spät. Wir standen in der sperrangelweit offenen Haustür und sahen der Mutter nach, wie sie vor dem Gartentor am Ende des Gartenwegs im Lichtkreis der Strassenlaterne noch einmal aufleuchtete, um alsbald über den Rand der beleuchteten Welt hinauszustürzen und endgültig im Dunkel der Nacht zu verschwinden.

Da war es also wieder passiert. Da standen wir also wieder einmal, mein Bruder und ich, mit dem Vater, allein, ohne Mutter.

Seid brav, sagte der Vater, geht ins Bett zurück, ich gehe die Mutter suchen. Er nannte sie Mutter, wie wir, wenigstens uns gegenüber, obwohl sie doch seine Frau war. Aber wir blieben natürlich stehen. Während er sich seinerseits einen Mantel über den Schlafanzug warf, ohne sie zu schnüren in ein Paar Schuhe schlüpfte und die Verfolgung aufnahm. Wir hörten ihn in der Nacht ihren Namen rufen. Daran erkannten wir, wo er war. Wo er, zuerst in der näheren Umgebung, durch die an den unseren angrenzenden Gärten, dann immer weiter hinaus, um die benachbarten Häuser, in denen Lichter angingen und Fensterläden aufgeschlagen wurden, und um die den benachbarten Häusern benachbarten Häuser herum, seine Bahnen zog. Bis wir ihn nicht mehr hörten. Er kam zurück, um zu sehen, ob unsere Mutter inzwischen zurückgekehrt sei. Er ging wieder, als er sah, dass wir noch immer allein auf der Schwelle des Hauses standen. Ging wieder, kam wieder, ging wieder. Wir wussten nicht mehr, wie oft.

Wir warteten und hatten Angst davor, dass die Mutter nicht wiederkäme. Blieb auch der Vater zu lange aus, gingen wir doch, wie er es uns befohlen hatte, ins Bett zurück. Traten von der Schwelle, vom Türsturz, ins Haus zurück, machten die Haustüre hinter uns zu, stiegen die Treppe hinauf, krochen, einer zum andern, in seinem oder in meinem Zimmer, unter die Decke, hielten uns aneinander fest. Nur die Zimmertür liessen wir einen Spaltbreit offen, damit wir es hörten, wenn unsere Eltern nach Hause kamen. Wenn der Vater nach Hause käme, wenn die Mutter nach Hause käme, wenn der Vater die Mutter wieder nach Hause brächte. Aber der Vater brachte die Mutter nicht mit.

Wir dachten daran, was uns die Mutter von ihrer Jugendfreundin erzählt hatte, die nachts hinausgegangen war, ohne jemandem etwas zu sagen, aus Liebeskummer, um sich vor den Zug zu werfen. Die nicht mehr zurückgekommen war. Liebeskummer, wir wussten nicht, was das war. Aber wir stellten sie uns vor, während unsere Mutter jetzt draussen in der Nacht herumirrte und unser Vater sie suchte. Wie sie zum nächsten Bahndamm gegangen war; wie sie auf den Bahndamm hinaufstieg, im Nachthemd, nur den Mantel darüber, immer wieder ausrutschend, einknickend in ihren Stöckelschuhen; wie sie die Schuhe auszog und die Schuhe in die Hand nahm und barfuss hinaufkletterte, über den scharfen Schotter, der ihr in die Füsse schnitt; und wie sie oben ankam und die Schuhe wieder anzog und den Mantel in Ordnung brachte; und wie sie sich auf die Schienen legte.

Wir verstanden es nicht. Wir wussten nicht mehr, sprachen wir jetzt von der Mutter oder sprachen wir von dieser anderen Frau. Wir sahen, wie der Körper, über den der Nachtzug hinweggebraust war, in drei Teile geteilt zwischen den Schwellen der Gleise lag. Wir sahen, wie die Gedärme, die aus dem Körper herausgerissen worden waren, an den rostigen Schienen klebten. Wir sahen, wie das Blut, das aus dem Rumpf und aus dem Kopf und aus den verstümmelten Gliedmassen herausgespritzt war, Nachthemd und Mantel rot färbte und zwischen den Gleisen im Schotter versickerte. Wie alles zerdrückt war. Wie alles zerquetscht war. Wie alles tot war.

Ich chönnt di verschliergge, hatte die Mutter am Anfang der Nacht gesagt. Nun lag sie selber da, ausgelöscht, ausgedreht unter dem eigenen Daumen, zerquetscht von eigener Hand oder von der Hand Gottes, an die wir damals noch glaubten. Jedenfalls hatte sie die Hand Gottes nicht daran gehindert, sich mit der eigenen Hand zu zerquetschen.

Was hatten wir ihr getan, dass sie so etwas tun musste? Wofür bestrafte die Mutter uns so? Konnte das, was wir tagsüber getan hatten, so schlimm sein, dass es jetzt in der Nacht dieses Ende nahm? Und warum konnte der Vater nicht helfen?

Immer wieder hatten wir in solchen Nächten unsere Mutter verloren. Dass sie immer wieder zurückgekommen war, dass sie am Morgen, nachdem wir trotz allem eingeschlafen und wieder erwacht waren, immer wieder da war, war kein Beweis dafür, dass es nicht einmal anders sein konnte. Einmal, das wussten wir, einmal würde sie weggehen, einmal würde sie wegbleiben, für immer.

III
MUTTER TÖTEN

»Wohin ich geh? Ich geh,
ich wandre in die Berge.«

Das Lied von der Erde

Wir sehen uns bald wieder, sagte ich, als meine Mutter starb; weil ich es anders nicht aushielt. Hilf mir, mich umzubringen, hatte sie mich gebeten, allein kann ich es nämlich nicht mehr, und dein Vater ist ja schon tot.

Ich war erschrocken. Ich hatte mich sogleich daran erinnert, wie sie als junge Frau, als ich ihr Kind gewesen war, unter dem Daumen ihrer rechten Hand die Wespen zerdrückt hatte, die in die Küche hereingeflogen und dann die Fensterscheibe hinauf- und hinuntergekrochen waren. Ich hatte darüber nachgedacht, wie man es, wenn überhaupt, mit ihr am besten hätte machen können. Unter dem Daumen zerdrücken, auch nur von ferne und bildlich gesprochen, das ging ja nicht, dafür war sie trotz ihres hohen Alters und trotz ihrer Krankheit noch immer zu stark.

Ihre Freundin war mir wieder eingefallen, die sich in der Nacht vor den Zug geworfen hatte, in jungen Jahren; die Mutter hatte uns manchmal davon erzählt. Sollte ich sie im Rollstuhl an die Zugstrecke am Stadtrand hinausfahren und sie den Bahndamm hinauftragen und auf die Schienen legen? Und dann? Weggehen oder bleiben? Zusehen, wie der heranrollende Zug meine Mutter in Stücke zerschnitt? Das konnte ich nicht.

Oder sie gleich jetzt, an Ort und Stelle, nachdem ich mich von ihr verabschiedet hätte, über das Balkongeländer ihres Heimzimmers im siebten Stockwerk des Hochhauses stossen? Von dem aus sie noch immer, wenn sie das wollte, auf ihr früheres Haus zurückblicken konnte, das unser Wohnhaus, das das Haus unserer Familie gewesen war; oder etwas weiter drüben auf den Kirchturm, unterhalb dessen am Kirchrain jetzt ihr Mann, unser Vater, begraben lag. Verbrennt mich und stellt mich zu ihm ins Grab, hatte sie manchmal gesagt.

Undenkbar! Erschiessen kam ohnehin nicht in Frage. Ertränken in der Badewanne ebensowenig, selbst wenn es hier eine Badewanne gegeben hätte. Es gab nur eine Dusche. Ausgeschlossen, unmöglich, undenkbar alles!

Ich werde darüber nachdenken, sagte ich, als ich ging.

In einem Magazin, das mir im Wartezimmer des Zahnarztes in die Hände kam, las ich den Bericht eines amerikanischen Schriftstellers, dessen Mutter dasselbe von ihm verlangt hatte wie meine von mir.

Er hatte seine Mutter zu Bett gebracht und hatte sich zu seiner Mutter ans Bett gesetzt und hatte sich von seiner Mutter verabschiedet und hatte seiner Mutter geholfen, die Schlaftabletten einzunehmen, und hatte dann gewartet, bis seine Mutter eingeschlafen war. Hatte auf seinem Stuhl bei ihr sitzend zugehört, wie sie mit geschlossenen Augen von hundert rückwärts zählte, um schneller einzuschlafen. Hatte gehört, wie sie um fünfundachtzig herum anfing, langsamer zu werden. Wie sie nach achtzig achtundsiebzig sagte, wie sie zögerte und wie sie nach einer Weile die verpasste Neunundsiebzig noch nachholte und dann die Achtundsiebzig noch einmal wiederholte. Und wie das Zählen von da an immer noch langsamer wurde, und wie sie bei sechsundsechzig, nachdem sie es nach einer langen Pause noch einmal wiederholt hatte, endgültig zu zählen aufhörte.

Es war das letzte gewesen, was er von seiner Mutter gehört hatte. Er hatte noch einige Zeit zugewartet und hatte seine Mutter angerufen und angestossen, um sicher zu sein, dass sie in Tiefschlaf gefallen war, und hatte seiner Mutter dann einen Kehrichtsack über den Kopf gezogen und mit einem Schal um den Hals luftdicht verschlossen. Und hatte zugesehen, wie sich der Kehrichtsack abwechslungsweise, im Rhythmus des Atems, um ihren Kopf blähte und auf ihr Gesicht legte und wieder aufblähte und wieder dicht an ihre Umrisse schmiegte und wieder füllte und wieder an ihren Mund und an ihre Nase angesogen wurde. Und hatte, als ihre Hände im Schlaf an den Hals und an den Schal greifen wollten, ihre Hände niedergehalten, bis sie den Widerstand aufgaben. Und hatte gesehen, wie das Atmen, nach einigen Aussetzern, endlich ganz aufhörte und der Sack über ihrem Gesicht halbgefüllt liegenblieb. Und hatte noch eine Weile gewartet, dann nach ihrem Puls gefühlt und nach ihrem Herzschlag gehorcht und hatte noch einmal eine Weile abgewartet. Und hatte ihr dann den Schal wieder vom Hals gelöst und den Kehrichtsack vom Kopf gezogen und hatte beides zusammen mit den Pillendosen in den Müll gestopft. Und hatte die Vorhänge im Zimmer zugezogen und war noch eine Stunde neben seiner Mutter am Bett sitzen geblieben. Und hatte dann den Arzt gerufen, um ihren Tod feststellen zu lassen.

Während ich es las, fragte ich mich, Satz für Satz, ob ich das auch gekonnt hätte. Ich sagte mir: nein.

Im Traum einige Tage danach sah ich die Mutter von weitem eine Kirche betreten, eine kleine Kirche, vielleicht eine Kapelle. Ich sah sie von hinten, wie sie über die Schwelle trat; sah, wie sie die Krücken abwarf und über die Schwelle trat; sah sie mühsam die Beine heben. Ich wollte noch rufen, sei vorsichtig, pass auf, dass du nicht wieder fällst. Aber da war es schon zu spät, da fiel sie schon hin, der Länge nach, auf den Bauch, und blieb liegen.

Sofort rannte ich hin, um ihr zu helfen. Da geschah das Seltsame: Der Kirchenraum tat sich nach hinten, da wo die Apsis war, auf und wurde zum Abgrund. Und der Rücken meiner Mutter wurde zum Bergrücken, schildkrötenartig, der an den Abgrund heranführte. Und ihr Kopf, geschunden, hing vornüber in den Abgrund hinunter.

Ich setzte mich neben sie, ruhig. So bist du nun doch gestorben, sagte ich. Und begann ihr mit der Rechten das Rückgrat hinauf – *den* Rückgrat hinauf, weil sie ein Berg war? – über den Rücken und über den Nacken und über die Schultern zu streichen. Plötzlich ging ein Ruck durch ihren Rücken, die Schulterblätter bewegten sich, sie warf den Kopf in den Nacken und schüttelte die Erde, zu der sie schon beinahe geworden war, aus ihrem Haar und vom Rücken ab.

Lass uns Vater noch einmal besuchen, sagte sie, als ich wieder bei ihr war. Ich dachte, sie meint den Friedhof; aber sie meinte die Gegend, in der er gestorben war, in den Bergen, in die er zuletzt immer allein gefahren war, weil ihr Herz die Höhe nicht mehr aushielt, in der auch für ihn plötzlich zu dünnen Luft, an einer Embolie, sie hatte den Ort nie gesehen. Ich kannte ihn aus dem Bericht meines Bruders, er hatte den Vater in jenem Sommer, der nun auch schon ein paar Jahre zurücklag, hinaufbegleitet und zehn Tage später tot wieder hinunter, als Mitfahrer im Wagen des Beerdigungsinstituts. Er hatte seine Erinnerungen an diese letzte Reise für sich zu Papier gebracht und mir eine Kopie davon überlassen. Er war immer dem Vater näher gewesen, ich eher der Mutter.

Morgens früh hatte er sich mit ihm am Bahnhof getroffen. Der Zug, während er aus der Stadt hinaus beschleunigte, war auch noch einmal entfernt am Kirchturm vorbeigefahren, der uns das halbe Leben lang die Zeit gezeigt hatte, in dessen unmittelbarer Umgebung auch unser Haus stand, in dem der Vater zusammen mit der Mutter damals immer noch wohnte. Mein Bruder hatte hinübergewiesen und gesagt, da, willst du sehen, wo du zu Hause bist? Nein, habe der Vater gesagt, lieber nicht, und erklärt, dass ihm das Haus zu mühsam geworden sei und dass er es auch vorgezogen hätte, wie es die Mutter schon lange wollte, in einer kleinen Wohnung zu leben, dass er dazu aber im Laufe seines Lebens zu viele Bücher um sich angesammelt habe. Ganz abgesehen davon, dass ihn die Umstände eines Umzugs überhaupt abschreckten.

So hatte es der Bruder aufgeschrieben. Später, als der Zug längst am Steigen war und sich durch das enge Tal zum Hochtal hinaufwand, hatte er den Vater auf eine Stelle in der Landschaft aufmerksam gemacht, an welcher dessen Enkel, also sein Sohn, als kleines Kind das Skifahren von ihm erlernt hatte, und auf eine andere, an der er, dessen Vater, hinter seinem Kind sitzend in Todesangst die Schlittelbahn hinuntergesaust sei. Jetzt war es Sommer gewesen, und die Schlittelbahn ein harmloser Bergweg, den ein paar Wanderer, neben dem Zug bald zurückbleibend, hinanstiegen. Als bemerkenswert hatte der Bruder auch den Umstand festgehalten, dass beim Hinaussehen die Knie des Vaters mit den seinen zusammengedrückt worden seien und dass sie beide dieser Berührung nicht auswichen.

Nach dem letzten Umsteigen, als die schmalen Waggons nur noch durch das weite Hochtal dem breiter werdenden Fluss entlang hinabzugleiten hatten, hatte der Vater ihn darauf hingewiesen, wie sehr hier eine Station der anderen glich, so sehr, dass er im Vorjahr prompt an der falschen, der richtigen vorangehenden Station ausgestiegen sei und da auf den nächsten Zug habe warten müssen. Er habe darüber lachen müssen und dem Vater dabei freundschaftlich aufs Knie geschlagen, hatte der Bruder aufgeschrieben.

Diesmal waren sie an der richtigen Station ausgestiegen und direkt zum Hotel gegangen. Dort hatte der Vater die Receptionistin als die Tochter des Hauses begrüsst, was sie aber nicht war, und die Wirtsleute, als ob sie sich seiner hätten erinnern müssen, was sie aber nicht auf Anhieb taten. Er hatte sein Zimmer bezogen. Sie hatten miteinander zu Mittag gegessen, Buchweizenspätzle, mit Käse überbacken. Dann hatte der Vater seinen Sohn den steilen Weg hinauf zurück zur Station begleitet. Wenn der Zug kommt, renne ich, hatte der Bruder gesagt; aber sie hatten es ohnedies rechtzeitig geschafft. Der Stationsvorsteher war eben auf den Vorplatz hinausgetreten, als sie ankamen, und der Vater hatte auch ihn als einen Altbekannten gegrüsst, von dem er aber auch nicht wiedererkannt wurde.

Dann war der Zug gekommen. Der Bruder hatte sich vom Vater verabschiedet, hatte ihm schöne

Ferien gewünscht, hatte ihm versprochen, ihn am Ende wieder abzuholen, war eingestiegen, war ans Fenster getreten und wäre am liebsten wieder ausgestiegen, um den Vater, der da allein auf dem Bahnhofvorplatz stand, wie sein Kind in die Arme zu schliessen. Aber da rollte der Zug schon an. Und er konnte ihm nur aus dem Fenster noch einmal zuwinken. Und sehen, wie der Vater, der ihn auf die Entfernung wahrscheinlich schon nicht mehr genau erkannte und schräg an ihm vorbei in die Landschaft hinausschaute, mit der Linken auf seinen Stock gestützt, mit der Rechten ins Nichts hinaus zurückwinkte. So hatte es der Bruder aus der Erinnerung beschrieben. Das war das letzte Bild mit dem lebenden Vater gewesen.

Dieselbe Reise hatte ich nun mit der Mutter gemacht. Ich wusste, dass sie auf eine ihrem Zustand nicht mehr zuträgliche Höhe hinauf führte. Ich wusste, dass sie es selbst wusste. Wir sprachen nicht darüber. Sofort nach der Ankunft am kleinen geraniengeschmückten Bahnhof hatten wir uns den kurzen Weg ins Dorf hinunter und zum Hotel begeben, in dem Vater zuletzt immer abgestiegen war, und uns zwei nebeneinanderliegende Zimmer geben lassen, auf unbestimmte Zeit. Wir wussten noch nicht, wie lange wir bleiben würden, sagten wir. Es war kein Problem gewesen.

Wir hatten die Zimmer bezogen. Wir hatten uns ein wenig zurechtgemacht. Wir hatten zu Mittag gegessen, im Speisesaal, allein, abgesehen von den Wirtsleuten mit ihren Kindern, die in einer entfernten Ecke ebenfalls ihre Mahlzeit einnahmen, die anderen Gäste waren, da das Wetter gut war, auf ihren Wanderungen unterwegs gewesen. Nach dem Essen hatten wir uns Vaters Zimmer zeigen lassen. Er hatte immer dasselbe gehabt. Aus den Eintragungen ins Hotelbuch liess sich leicht wieder herausfinden, welches. Obwohl es belegt war, hatte der Wirt es uns bereitwillig für einen Augenblick geöffnet. Es war klein, eng, niedrig. Der Vater hatte immer überall die bescheidensten Zimmer gewählt. Das schmale Bett, in dem er also gelegen hatte, war in die Nische gebaut. Das Fenster, dem Bett gegenüber, auf dessen Sims wie vor allen Fenstern des Hotels Blumenkisten standen, im Gegensatz zu den unseren, von denen aus wir Ausblick auf einen Teil des Dorfes und über das Tal hatten, ging nach hinten hinaus, auf einen eingefriedeten Hof. Im Zimmer gab es ausser dem Bett nur noch einen Tisch und, in einer Ecke abgetrennt, das Bad. Seltsamerweise hatte der Vater auf einem Foto, das er noch gemacht hatte, ausgerechnet seinen Koffer neben diesem Tisch festgehalten.

Der Vater hatte damals, als er gestorben war, in seinem Fotoapparat, den er immer bei sich gehabt hatte, einen Film hinterlassen, der fast zur Hälfte belichtet gewesen war. Der Wirt hatte ihn uns mit allem andern Gepäck zurückgeschickt. Wir hatten den Film entwickeln und die Bilder kopieren lassen. Letzte Dinge, letzte Orte, die der Vater noch gesehen hatte. Die er hatte verewigen wollen. Für sich? Für uns? Verewigen, seltsames Wort in diesem Zusammenhang. Zuerst ein paar Erinnerungen an zu Hause: Frühlingsschnee auf den Blüten des Japankirschbaums vor dem Fenster, der dort schon zu unserer Kinderzeit immer gestanden hatte. Der Gartenweg, hälftig aus Steinplatten und Kies, auf den Hauseingang zu, über den wir alle gekommen und gegangen waren, auf den der alte Vater dann einmal hingefallen war und von dem er nicht mehr allein hatte aufstehen können. Ein Blumenstrauss auf dem Fernseher, und daneben im Stehrahmen, Bild im Bild, das Foto des Bruders mit seinem Kind.

Dann Orte und Dinge hier, wo wir jetzt waren. Wir suchten sie auf, im Dorf, in der offenen Landschaft, am Ufer des Flusses, soweit wir sie fanden. Das weisse Kreuz, das als Wirtshausschild über der Bierreklame von der Hotelmauer steil gegen den Himmel stand, dessen Blau seinerseits hart auf die schwarze Kante der Bergkette stiess. Das Restaurant am Dorfplatz mit seinen weissen Plastikstühlen und seinen gelben Sonnenschirmen. Den Aussichtspunkt am unteren Dorfrand mit seinem Weitblick das Tal und den Flusslauf hinab, von dem aus es aussah, als ob beide, Tal und Fluss, in der Ferne an den von beiden Seiten zusammenlaufenden Bergen und Hügeln ihr Ende hätten. Den Blumenkessel, der an der Ecke des Platzes, von wo der Weg aus dem Dorf heraus zur Brücke hinunter abfiel, an einer langen Kette vom Dachbalkenkreuz bis fast auf die Pflastersteine herabhing. Am Weg entlang verschiedene auffällige, von Flechten und Pflanzenpolstern überzogene Natursteinmauern. Unten die Brücke selbst. Und vor der Brücke, die eine gedeckte Holzbrücke war, auf der rechten Wegseite, das letzte Haus, dessen Fassade neben dem Eingang mit einer grossflächigen, in der Sprache der Talschaft abgefassten Inschrift verziert war. Alles leicht zu finden. Alles wie auf den Bildern.

An der Brücke war gearbeitet worden. Ein paar Männer mit verschwitzten nackten Oberkörpern waren gerade dabei, die Gerätschaften zusammenzuräumen. Wir fragten einen von ihnen nach der Bedeutung der Schrift auf der Wand, vor der wir noch immer standen. Er betrachtete sie, als ob er sie zum ersten Mal sehen würde. Er beriet sich mit seinen Kollegen. Er lachte. Dann sagte er: Schwer zu übersetzen. Aber er versuchte es doch. Etwas von Jahrhunderten sagte er. Von umgegrabener Erde. Von Menschen, die sich zu Tanz und Arbeit die Hand gereicht hätten. Zum Schluss sagte er: Es ist nicht zu übersetzen. Wir bedankten uns trotzdem. Wir zeigten ihm noch das Bild einer Bank am Waldrand, auf die der Schatten des Fotografen fiel, und fragten ihn, wo sie stünde. Sie stand auf der anderen Seite des Flusses.

Die Passage war jetzt freigegeben, und wir setzten uns wieder in Bewegung, langsam, mühsam, wie vorher schon, seit es bergab gegangen war. Vorsichtig setzte die Mutter die Krücken, zwischen denen sie mehr hing als ging, einmal links, einmal rechts, auf die Planken des Brückenwegs und zog dann, einen nach dem andern, die Füsse nach.

Sie sagte nichts, aber ihr Gesicht konnte die Schmerzen nicht verbergen, die ihr das Gehen verursachte. Hilfesuchend, unter dem Vorwand, da und dort etwas zu sehen, was gesehen zu werden verdiente, blieb sie alle paar Schritte stehen, indem sie den Blick, der sonst auf die Fussspitzen und auf die Krückenenden geheftet war, vom Boden weghob und in eine beliebige Richtung wendete. In eine Richtung, die mir beliebig vorkam. Um so zu verharren, Mal für Mal, für die nächsten Minuten. Windschief, obwohl überhaupt kein Wind ging, stand sie zwischen ihren Stöcken. Ich sah ihre Schmerzensgestalt, eingerahmt von immer wieder anderen Teilen des Brückengebälks, immer gleich in den klaren Nachmittagshimmel gebeugt. Sie schien sich gegen etwas zu stemmen, was nicht sie war und doch in ihrem eigenen Körper sass. Aus der Tasche, die sie sich schräg über die Schulter und über die Brust gehängt hatte, nahm sie immer wieder dasselbe zusammengeknüllte Taschentuch, in das sie sich schneuzte und mit dem sie sich die Stirn trocknete. Dabei hielt sie beide Krückstöcke über Kreuz mit einer Hand. Ihr Gesicht war weiss. Unter dem Puder, den sie sich in die Furchen gestrichen hatte, hatten sich durch die Anstrengung von Mal zu Mal kleine perlende Tröpfchen gebildet. Geht's? fragte ich. Ja, sagte sie. Wir können auch umkehren, sagte ich. Nein, sagte die Mutter. Und wir machten die nächsten paar Schritte.

Nach der Brücke begegneten uns einige Spaziergänger, die in die entgegengesetzte Richtung unterwegs waren. Sie grüssten. Meine Mutter grüsste, freundlich, wie sie immer gewesen war, obwohl sie fast keine Kraft mehr hatte, zurück. Dabei fiel sie der Länge nach hin, weil sie einen Augenblick lang nicht auf den Weg geachtet hatte. Ich hatte ihren Sturz nicht mehr aufhalten können. Die Spaziergänger halfen mir, sie auf die Beine zurückzubringen. Ein wenig verwirrt blickte sie in die Runde. Sie lächelte. Verlegen bedankte sie sich für die Hilfe. Kaum dass sie sich verabschiedet hatten, schien sie die Helfer aber schon vergessen zu haben.

Kehren wir um, sagte ich. Aber die Mutter ging weiter. Der Weg stieg jetzt leicht an. Gleich darauf stürzte sie erneut. Häng dich bei mir ein, sagte ich, nachdem ich sie mühsam wieder aufgerichtet hatte. Ich nahm ihr den linken Stock ab, und sie hängte sich rechts bei mir ein. Ein paar Schritte gingen wir so, dann fiel sie zum drittenmal hin. In sich zusammen. Knickte einfach in den Knien ein.

Ihre Füsse trugen sie nicht mehr. Sie war am Ende der Kraft. Mit zerschlagenen Knien kauerte sie auf dem Weg und konnte nicht mehr vorwärts und nicht mehr zurück. Sie weinte. Blut drang durch die dicken Stützstrümpfe und sickerte die Beine hinab. Mit den Armen klammerte sie sich an mir fest. Noch einmal versuchte ich, ihr aufzuhelfen. Es ging nicht.

Ich musste die Mutter tragen. Die Krücken liessen wir, an einen Holzzaun gelehnt, am Wegrand zurück.

Die Mutter war ganz leicht. Leichter, als ich es erwartet hatte. Ich nahm sie auf die Arme, sie legte die Arme um meinen Hals, ihre Wange an meine Wange. Ihr Haar, das vom Schwitzen im Nacken gekräuselt war, war noch immer nicht ganz weiss. Ich sah, dass es sehr dünn war. Es überraschte mich, wie klein ihr Kopf war, dessen Haut und Form darunter deutlich hervortraten. Ich spürte den Impuls, wenigstens eine meiner Hände schützend darüber zu halten. Aber natürlich hatte ich keine Hand dafür frei.

Ich hielt sie, sie hielt mich. So schafften wir den kleinen Anstieg bis zur Bank. Es war die letzte Bank, bevor der Weg in den Wald einbog. Ich setzte die Mutter ab, mich selber neben sie. Wir ruhten uns eine Weile, ohne etwas zu sagen, aus.

Es war Abend geworden. Die Sonne stand tief über dem gegenüberliegenden Rand des Tals, ihr Licht blendete uns, nicht nur von oben, sondern auch von unten, von wo es der Fluss, über dem wir sassen, spiegelnd zurückwarf. Mit halb geschlossenen Augen sahen wir in die Strömung. Wo geht das hin? fragte die Mutter. Ins Meer, sagte ich. Ja, sagte sie, aber nachher? Das wusste ich auch nicht.

Sie legte mir den Kopf an die Schulter. Es wird kühl, sagte sie. Sie griff sich an den Hals. Ein Zittern ging durch ihren Körper. Ich legte den linken Arm um sie und hielt sie fest, mit der rechten Hand suchte ich in ihrer Tasche. Lass, sagte sie. Wo hast du deine Medizin? fragte ich. Zu Hause, sagte sie. Dann blieben wir beide eine Weile still.

Die Sonne war hinter der Bergkette versunken. Das Licht im Tal entfärbte sich. Über und mit dem Fluss, mit ihrer oberen Seite noch da und dort ein paar Sonnenstrahlen einfangend, mit ihrer Unterseite schon im Schatten, trieben langgezogene Nebelschwaden, ohne dass ein Windhauch wahrzunehmen gewesen wäre, talabwärts. An meiner Seite war die Mutter kaum mehr zu spüren. Selbst ihr Atem, der sich zuvor noch ein paarmal aufgebäumt hatte, war jetzt ganz flach.

Ich hatte einen Traum, sagte sie unvermittelt, in dem Vater zu mir kam, um mich abzuholen. Zuerst stand er auf der anderen Seite des Gleises. Dann kam er zu mir herüber und nahm mich in die Arme, wie du jetzt. So nah ist er mir noch nie gekommen, seit er gestorben ist, sagte sie. Dann sagte sie nichts mehr. Wir werden uns wiedersehen, sagte ich, bald.

IV
REQUIEM

»Wieviel Schmerz brauchte es,
bis sie so leicht ward.«

Bertolt Brecht

INTROITUS

Und über das Leben wäre wieder zu sprechen. Wie es kommt, wie es geht, wie es nicht wiederkommt. Wie es dasteht und nahgeht. Wie es dortliegt und fortfliegt. Wie *sie* dortliegt und fortfliegt. Wie es plötzlich weg ist. Es, sie; das Leben, die Mutter; das Leben der Mutter.

PATER, DIMITTE ILLIS; QUIA NESCIUNT, QUID FACIUNT

Es tut mir ja so leid, sagtest du, als ich mich am Abend von dir verabschiedete, um am Morgen wiederzukommen, es tut mir alles so leid. Ich fragte nicht, was das war, alles, was du meintest, was dir so leid tat, dass du es uns jetzt noch sagen wolltest; wahrscheinlich, dass du uns nun diesen Kummer bereitest. Ja, mir doch auch, antwortete ich nur, ich wollte dir sagen, wie sehr *du* mir leid tatest, wie sehr es mir leid tat, dass du nun sterben musstest; aber natürlich auch, wie sehr mir der Kummer leid tue, den ich dir im Leben gemacht hatte. Als ich schon draussen und auf dem Heimweg war, dachte ich, natürlich hätte ich dir sagen müssen, dass *dir nichts* leid tun muss. Am nächsten Tag, am kommenden Tag, am Sonntag wollte ich es dir sagen, und ich sagte es dir auch, immer wieder, ununterbrochen, tonlos, ohne Worte, mit Worten, in jeder möglichen Form. In dieser letzten, ersten ganz mit dir zusammen verbrachten Nacht, jedenfalls so weit ich mich zurückerinnern konnte, mit Ausnahme vielleicht der ersten Kindernächte. Aber da wusste ich schon nicht mehr, ob du mich noch hörtest, was von mir dich noch erreichte, da warst *du* schon auf *deinem* Heimweg.

Du habest ganz liebe Pflegeschwestern, sagtest du einmal, als du noch sprachst, aber besonders eine, die sei besonders lieb. Diese da? fragte ich. Nein, sagtest du. Jene dort? fragte ich. Nein, antwortetest du, die mit dem Kopftuch, die heute nicht hier ist. Es gab aber auch grobe. Wenn sie dich wuschen, wenn sie dir den Wundverband wechselten, wenn sie dich umbetteten, von einer Seite auf die andere legten, damit dein Rücken nicht noch mehr aufriss, wenn sie dich unsanft weckten, wenn sie versuchten, dich zum Essen zu zwingen, zum Trinken. Die wissen ja nicht, was sie tun, sagtest du; die haben es ja auch schwer, man muss ihnen ja dankbar sein, dass sie das alles tun, sagtest du auch. Inzwischen liessen sie dich ohnehin meistens schlafen.

Als der Arzt dich fragte, wie alt du jetzt seist, sagtest du trotzig: vierzig wohl schon. Und als der Arzt daraufhin ein wenig lachte, sagte ich für dich: achtzig, vierzig Jahre seist du schon krank. Da sagtest du: ja. Was gab es denn da zu lachen. Da warst du noch aufrecht gesessen, im Rollstuhl, in dem wir dich durch die eng gewordene Welt schoben. Mehr konnten wir nicht für dich tun, als dir das Kreuz tragen helfen, nach deinem Zusammenbruch am Karsamstag, zum wievielten Mal?

Es tut mir leid, Mutter, dass es mir nicht gelungen ist, die Welt so für dich zu bauen, so für dich *um*-zubauen, dass du jetzt nicht hättest sterben müssen; dass ich mein Leben, das du mir geschenkt hast, nicht besser dazu genutzt habe. Es tut mir leid, es tut mir weh. Wie es dir leid und weh getan hat. Wind und weh, wie du immer sagtest, Wind und weh ist es mir, jetzt, da du wirklich stirbst.

HODIE MECUM ERIS IN PARADISO

Schon noch ein wenig bleiben, hattest du am Freitagabend gesagt, sanft bittend, mit einem scheuen Lächeln, als ich dich fragte, ob ich jetzt gehen oder ob ich noch etwas bleiben sollte. Natürlich blieb ich, ich wäre am liebsten für immer geblieben, wenn du nur auch geblieben wärest. Aber nach einer halben Stunde etwa sagtest du plötzlich: Jetzt musst du aber doch gehen. Und es war nicht ganz klar, ob du das jetzt mehr aus meiner oder aus deiner Welt heraus sagtest.

Zeig mir doch jetzt die …, hattest du früher am Tag gesagt und dann nach dem Wort gesucht. Bilder? fragte ich, meinst du die Bilder?, weil ich nicht wusste, was du sonst hättest meinen können. Von da, wo du gewesen bist, sagtest du, ja. Die habe ich nicht dabei, sagte ich, ich wusste ja nicht, dass du dich dafür noch interessierst, ich bringe sie morgen. Ja, sagtest du, morgen.

Morgen, am nächsten Tag, deinem vorletzten ganzen, am Samstag, brachte ich sie dir mit. Sie habe dir auch die Karte vorgelesen, sagte die Schwester, die Dienst hatte, die Karte aus Weimar, die jetzt auf deinem Nachttisch stand, gegen den Wecker gelehnt, sie sei am Morgen gekommen, du hättest dich darüber gefreut. Man weiss gar nicht mehr, was man dir noch wünschen soll, was du dir selber noch wünschst, hatte ich dir geschrieben. Du hattest mich ziehen lassen, die paar Tage noch, so lange kann ich schon noch warten, hattest du mit einem schalkhaften Lachen gesagt, ich hatte mich darauf verlassen, ich hatte mich darauf verlassen können, du hattest wirklich auf mich gewartet. Aber du hättest nach mir gefragt, in den letzten Tagen, wo ich sei, wann ich wiederkomme, sagte der Bruder, das hattest du vergessen; in den letzten Tagen, wie das jetzt klingt. Ich zeigte dir nun die Bilder, die du auch schon wieder vergessen hattest, Schillers Wohnhaus, Goethes Wohnhaus, sagte ich, ja, sagtest du und drehtest dich ermüdet zur Seite.

Plötzlich, aus der Stille heraus, sagtest du: Was sollen wir denn noch machen? Und etwas später: Jetzt müssen wir aber gehen. Ich fragte dich: Wohin willst du gehen? Du konntest doch längst nicht mehr gehen. Zum Doktor, sagtest du. Der Doktor kommt doch zu dir, dachte ich, der ist doch hier; aber ich sagte nichts. Zuletzt sagtest du: Nicht wahr, du bleibst bei mir, bis wir aus dieser Hütte heraus sind? Du hattest früher unser Haus immer *die Hütte* genannt, wenn es dir damit zuviel wurde. Ich wusste nicht, warst du jetzt dort, in deiner Vorstellung? Oder meintest du das Spital, in dem du in Wirklichkeit warst, zur Wiederherstellung, unwiederherstellbar? Oder die Hütte der Welt? Oder deines Leibes, der schon fast nicht mehr da war? Jedenfalls blieb ich.

Du glaubtest daran, Vater wiederzufinden, drüben, droben. Vater, sagtest du: deinen Mann. Hoffentlich hattest du recht. Wir sehen uns alle bald wieder, sagte ich, wie ich es einmal geschrieben hatte, leise, weil ich mich ein wenig schämte, in mich hinein. Aber da war es eine wirkliche Hoffnung. Was mache ich bloss, wenn ich euch einmal nicht mehr habe, hattest du umgekehrt nur ein paar Tage zuvor, schon ein wenig verwirrt, noch gefragt. Komm gut heim, sagte ich bei mir, als ich ging. Ich meinte uns beide.

MULIER, ECCE FILIUS TUUS; FILIUS, ECCE MATER TUA

Was siehst du? fragte ich dich, als du mich einmal lange regungslos ansahst. Ich sass bei dir am Bett. Was siehst du, wenn du mich so ansiehst? Euch spielen, sagtest du, nach einer Pause, als Kinder, deinen Bruder und dich, im Garten, vor unserem Haus. Unsäglich zart, fast verlegen, wie ertappt, mit einem Lächeln. Ich sah es auch, im Kies, in der Wiese, unter dem Zwetschgenbaum, unter dem Reneklodenbaum. Und ich hörte deine Stimme, von weit weg, ganz nah, die uns am Abend oder zum Essen hereinrief.

Jetzt sehe ich, wie ich dir, ein Leben später, vom Rollstuhl ins Bett helfe. Wie ich vor dir stehe, dich unter den Schultern fasse und hochziehe, dich auf die Bettkante drehe; wie ich mich über dich beuge und dich deine Arme um meinen Hals legen lasse, um deinen geschundenen Körper, *meine* Arme um deinen zerbrochenen Rücken gelegt, auf dem Bett in die richtige Lage zu bringen und deinen Kopf, der mich mit grossen angstvollen Augen ansieht, der fast keine Haare mehr hat, in die doppelten, dreifachen Kissen zu legen. Ich höre dein dankbares: Danke.

Und im Traum trug ich dich auf dem Arm wie ein Kind, das man ganz selbstverständlich überallhin mitträgt. Du hattest dein helles lichtgrünes Nachthemd an. Du hattest deine Arme ganz leicht um meinen Hals gelegt. Den Kopf drehtest du neugierig dahin und dorthin. Deine Fragen, deine Wünsche waren ganz die eines Kindes und doch auch die der ganz alten Frau, die mit der Welt nicht mehr zurechtkommt. So wirst du uns zuerst getragen haben, dachte ich, so trugen zuletzt wir dich.

DEUS MEUS, DEUS MEUS, UTQUID DERELIQUISTI ME?

Warum holt er mich denn nicht endlich? fragtest du immer wieder. Wer? fragte ich. Der da oben, sagtest du.

Wenn es nur endlich regnen würde, sagtest du. Als ob es dein ganzes Leben lang nicht geregnet hätte, oder zumindest die letzten Jahre, oder zumindest nicht in deinen Garten. Hast du die Sonne nicht mehr gern? fragte ich. Nein, sagtest du, sie ist zu hell.

Wohin soll ich mich wenden? klagte es in mir, da er dich jetzt holte. Erinnerung an ein Lied, das ich als Kind jeden Sonntag in der Kirche gesungen hatte: Wohin soll ich mich wenden, wenn Gram und Schmerz mich drücken; wem künd ich mein Entzücken, wenn freudig pocht mein Herz?

Wenn deine Erinnerung an mich erlöscht, erlösche ich auch.

IN MANUS TUAS, DOMINE, COMMENDO SPIRITUM MEUM

Am Freitag hast du meine Hand noch genommen, als ich sie dir gab. Am Samstag hast du sie weggeschoben, als sie die deine nehmen wollte, die auf der Decke lag. Mit sanfter, klarer Gebärde. Da wolltest du nicht mehr gehalten werden.

Du hattest geträumt, dein Mann, unser Vater, hole dich ab. Er war vorausgegangen, nun kam er zurück.

SITIO

Wie du gebettet wurdest, bliebst du am Ende liegen, stundenlang, tagelang. Kaum dass du einmal einen Arm oder einen Finger ein wenig bewegtest. Ich erinnere mich nur an ein einziges Mal, als du mit dem gekrümmten Zeigefinger deiner linken Hand leicht an den Nasenflügel rührtest, um die Hand aber gleich wieder sinken zu lassen. Es war die letzte Bewegung deiner Hand, die ich wahrnahm. Sonst lagen deine Arme, ein wenig in den Ellbogen angewinkelt, eng an den Körper gelegt unter der Decke. Und den Kopf drücktest du höchstens einmal, kaum sichtbar, etwas tiefer ins Kissen, wenn du nach Luft rangst. Manchmal ein leises Zittern der rechten oder der linken Schulter. Selten ein leichtes, kurzes Zucken eines Beines unter der Decke.

Deine Beine, die schon nur noch die Gebeine waren. Ich sah es einmal, als die Schwestern dich beim Umlagern hochhoben. Da hattest du Schmerzen.

Das schwarze Loch deines offenen, die Atemluft schwer einsaugenden ausgetrockneten Mundes, das mich aus der Dunkelheit des nur mit Dimmlicht aus zwei Kugellampen und einer nackten Glühbirne von der Decke herab schwach beleuchteten Zimmers anstarrte. Dein Kinn, das sich von Zeit zu Zeit zitternd wie zu einem verzweifelten, vergeblich unterdrückten Weinen zusammenkrampfte und den Mund für ein paar Augenblicke verschloss. Bevor sich die aneinandergepressten, schmal gewordenen Lippen, die dann einen nach oben gewölbten dünnen Sichelmond bildeten, wieder voneinander lösten und du den nächsten Atemzug tatest.

Ganz ruhig, sagte ich zu dir, wenn ich Zeichen von Angst an dir auszumachen glaubte, in einem Laut, der deinem Mund entfuhr, in einem Zittern, in einer Bewegung der Augäpfel unter den geschlossenen hautdünnen Augendeckeln, in einer Anspannung der Haut über der Nasenwurzel, in einer Verzerrung der Kinn- oder der Lippenlinie: ganz ruhig weiteratmen, hab keine Angst, ich bin bei dir, du bist nicht allein, indem ich dir eine Hand ganz leicht auf die Stirn legte, dir ganz leicht mit einer Hand über die Stirn strich, mit der anderen, wenn sie zitterte, ganz leicht deine Schulter hielt, und immer wurdest du ganz rasch wieder ruhig.

Wie sich deine Stirnhaut, je näher du dem Tod kamst, immer mehr glättete, wie sie immer feiner wurde. Wie sie sich nur über der Nasenwurzel, zwischen den Augenbrauen, als ob in einer Anstrengung des Nachdenkens, manchmal ein wenig in Falten legte. Und wie du die Augenbrauen dabei ein wenig nach oben zogst.

Später sagte ich, wenn der Atem ausblieb, lass gut sein, Mutter, du darfst jetzt schon gehen, lass deine Seele nur fliegen; aber natürlich hoffte ich für mich, dass du es noch nicht tatest. Mein Weinen, wenn es mich packte, wenn es mich schüttelte, wenn es mich zerreissen wollte, versuchte ich dich nicht hören zu lassen. Weint nicht, hattest du ja immer gesagt, wenn es einmal so weit ist mit mir, es ist eine Erlösung.

Nie bin ich so sehr an einem Mund gehangen wie jetzt an deinem, in dieser letzten Nacht, an diesem letzten Morgen, als es um deinen letzten Atem ging.

Den ganzen Sonntag, die ganze Nacht, den ganzen Montagmorgen hieltst du die Augen geschlossen. Nur wenn die Schwestern kamen, um dich neu zu betten, auf deiner wunden Haut, einmal etwas nach links, einmal ein wenig nach rechts, schrecktest du für einen Augenblick auf. Da sah ich, dass das Braun deiner Augen heller geworden war. Und einmal, am Abend, als ich allein bei dir war, machtest du sie kurz auf, wie um zu sehen, wer bei dir sei, und schautest mich an. Und ganz zuletzt, nach einem solchen Weinkrampf des Kinns, bevor du zum letzten Mal ausatmetest, als dein anderer Sohn, als der Bruder bei dir war, tatest du es noch einmal. Und da löste sich, während du ihn ansahst, aus deinem linken Augenwinkel eine kleine Träne und rollte dir über die Wange. Bevor du sie wieder schlossest.

Nur einmal während des Absterbens, nur ein paar Stunden vor dem Erlöschen ein Aufflackern, so etwas wie ein mögliches Aufbegehren, als deine Zunge im offenen Mund dreimal hintereinander dieselbe Lautfolge zu bilden versuchte, etwas, das vielleicht: Leben! hätte heissen können. Aber es war nicht zu verstehen. Auch das mit geschlossenen Augen.

CONSUMMATUM EST

Ich war hinausgegangen; als ich wiederkam, lagst du da wie die Königin von Saba, so ging es mir durch den Kopf, obwohl ich nicht wusste, wer das war, oder wie die Uta aus dem Naumburger Dom, so fiel es mir später ein, die bei uns als Bild an der Wand gehangen hatte, den Kopf streng eingebunden, die Hände auf dem Leintuch übereinandergelegt; die Schwestern, die Engel, hatten dich inzwischen gekrönt.

Schön warst du, so ganz in Weiss, und so schmal, und nur das Gesicht und die Hände waren von dir noch zu sehen. Das Nichts an Körper, an Leib, das du zum Schluss noch gewesen warst, im Totenhemd war es noch nichtiger geworden als vorher. Du hattest den Körper, der dich so lange gequält gehabt hatte, nicht mehr ernährt. Die Kühle von Stirn und Händen hatte überhaupt nichts Erschreckendes, die war in den letzten Jahren deines von der Krankheit aufgezehrten Lebens manchmal nicht weniger gross gewesen.

Jetzt bist du zu Hause, oder daheim, wie es in der Muttersprache hiess, sagte ich, als ich mich von dir verabschiedete.

EXITUS

Wie ein Erdbeben sei der Tod der Mutter gewesen, hatte ein Freund gesagt, das kommt und nicht mehr aufhört. Ich erzählte es dem Bruder. Bis zur Tür hatten wir *unsere* Mutter begleitet. Sie war durch die Tür gegangen. Dabei hatten wir die Tür gar nicht aufgehen sehen. Wir waren an der Tür zurückgeblieben. Darüber sprachen wir. Über das Leben. Wie es kam, wie es ging, wie es nicht wiederkam.

Wie wir dastehn und fortgehn.

Jürg Amann im Haymon-Verlag

AM UFER DES FLUSSES
Erzählung

13 x 21 cm, Hardcover mit Schutzumschlag, 96 Seiten
2. Auflage, ISBN 3-85218-350-2

Die berührende Geschichte zweier Freunde, ihrer Herkunft, ihrer Leben, ihrer Lieben. Und vor allem des Abschieds, den sie zu nehmen haben, vom Leben und voneinander.

„... eine meisterliche Erzählung."
(Roman Bucheli, NZZ)

„... dichte, hochwertige Prosa ... ein konzentrierter Text von beeindruckender Geschlossenheit."
(Eva Leipprand, Süddeutsche Zeitung)

„Stilistische Verknappung, pointierte Dialoge, einfache, treffende Sätze halten die Erzählung in einer hohen Spannung, von Anfang bis Ende. Ein kleines, stilles Meisterwerk."
(Sabine Grimkowski, NDR)

„... Kein todtrauriges Buch, ganz im Gegenteil, es ist ganz erstaunlich, wieviel Humor in diesen Dialogen steckt."
(Markus Bundi, Aargauer Zeitung)

Preis der Schweizerischen Schillerstiftung 2001

Jürg Amann im Haymon-Verlag

Über die Jahre
Roman

13 x 21 cm, Hardcover mit Schutzumschlag, 256 Seiten
ISBN 3-85218-157-7

„Ein inhaltlich und formal meisterhafter Liebesroman.“ *(Volkmar Parschalk, ORF)*

„Es gibt Bücher, die einen nach wenigen Seiten in ihren Bann ziehen, weil sie von dem handeln, was jeden angeht. *Über die Jahre* ist ein solches Buch.“
(Daniela Strigl, Der Standard)

Schöne Aussicht
Prosastücke

13 x 21 cm, Hardcover mit Schutzumschlag, 128 Seiten
ISBN 3-85218-253-0

Prosastücke und „Mikrodramen“, die zeigen, „wie man Erinnerungen so festhalten kann, daß man über die Wirklichkeit stolpert“.
(Robert Streibel, Die Furche)

„Klare, schnörkellose Prosa.“
(Hans Heinz Hahnl, Bücherschau)

Jürg Amann im Haymon-Verlag

ZWEI ODER DREI DINGE

Novelle

12 x 18 cm, Hardcover mit Schutzumschlag, 64 Seiten

ISBN 3-85218-128-3

Ein von seiner Frau verlassener Mann versinkt aus Verzweiflung in seelische und körperliche Erstarrung. Zufallsbegegnungen führen ihn ins Leben zurück.

„Ein interessantes Psychogramm und eine subtile kleine Erzählung." *(Der kleine Bund)*

UND ÜBER DIE LIEBE WÄRE WIEDER ZU SPRECHEN

Gedicht

Künstlerische Gestaltung von Urs Amann

12,5 x 20,5 cm, Hardcover mit Schutzumschlag, 80 Seiten

ISBN 3-85218-173-9

Die Liebe als Fest der Sinne und der Seele, und „ein kleines Gesamtkunstwerk, das man sich nicht entgehen lassen sollte".

(Ursula Philadelphy, Tiroler Tageszeitung)

Jürg Amann im Haymon-Verlag

Jürg Amann / A. T. Schaefer

KAFKA

Wort-Bild-Essay

16 x 23 cm, Hardcover mit Schutzumschlag,,
160 Seiten mit 12 Farbbildern
ISBN 3-85218-319-7

„In einem grossen Essay zeichnet Amann das Porträt des Autors Franz Kafka auf Grund seiner Tagebücher, Briefe und Werke ... begleitet von einem fotografischen Essay von A. T. Schaefer, dessen Bilder nicht die Sätze von Jürg Amann illustrieren, sondern ihren Stimmungen und Atmosphären nachspüren, eine Begleitspur zum reflexiven Diskurs legen, die nichts festlegen, sondern die eigene Gedankenarbeit des Lesers anregen." *(Neue Luzerner Zeitung)*

„... Die sprachliche und bildliche Annäherung von Jürg Amann und A. T. Schaefer an das ‚Phänomen Kafka' hält das, was es verspricht: die faszinierende Darstellung einer ‚Art der Teilnahme am Leben, die Schreiben heißt'."
(Petra Mostbacher-Dix, Stuttgarter Zeitung)